レディ・ロゼッタの危険な従僕《しもべ》

石川いな帆

22584

角川ビーンズ文庫

Contents

レオ
レンティーニ侯爵に恩返ししたいとロゼッタのもとを訪れる。献身的にロゼッタに仕えるが、素顔をなかなか見せない。
レディ・ロゼッタの危険な従僕《しもべ》
ロゼッタ・フェリオ・レンティーニ
火事で家族を亡くし、レンティーニ家へ後妻として引き取られる。父代わりに保護してくれていたレンティーニ侯爵が亡くなり、独りぼっちに。バラの世話が得意。

人物紹介

イヴァン・ベルティ

ロゼッタの父の元部下。
王城で役人をしている。
ロゼッタを妹のように慈しむ。

ダニエラ・レンティーニ

アントニオの娘でロゼッタの義理の娘にあたる。
領主亡き後のレンティーニ領を一人で支えている。
情に篤いが怒りっぽい。

アントニオ・レンティーニ

親友の孫であるロゼッタが火事で家族を亡くしたと聞き、後妻という名目で引き取った。
ロゼッタを孫のように見守っていたが、病で帰らぬ人に。

パメラ

ダニエラの侍女。
ロゼッタのお目付役になる。グラマラスな美女。

本文イラスト／安野メイジ

序章　舞い降りる天使

あまりの苦しさに、目の前のバラが霞《かす》み始める。

このまま死ぬのだろうか。短い人生だったけれど、これも運命かもしれない。そう思った瞬《しゅん》間《かん》だった。

風が吹《ふ》き、バラの花びらが舞《ま》い上がる。それを背景に、麗《うるわ》しい青年が目の前に降り立った。

あんなに美しいのだ。自分を迎《むか》えに来た天使に違《ちが》いない。

天使の瞳《ひとみ》はするどく、こちらを見ていた。天に導くために来てくれたのであれば、もう少し慈愛《じあい》あふれる眼差《まなざ》しでもいいのに。誰《だれ》からも必要とされていない自分だから、天使も来るのが面倒《めんどう》くさかったのかもしれない。

それでも嬉《うれ》しかった。自分のためにわざわざ来てくれたのだから。

諦観《ていかん》を胸に抱《いだ》き、ロゼッタは目を閉じた。

第一章　天使の正体

ロゼッタが目を覚ますと、そこは見慣れた屋敷《やしき》の客間だった。ソファーに寝《ね》ていて、丁寧《ていねい》にストールまでかかっている。

どうしてここにいるのだろうか。確か屋敷のバラ園にいたはずなのに。

ロゼッタは必死に記《き》憶《おく》を呼び起こした。

「私、生きてる？」

慌《あわ》てて起き上がり、自分の体を触《さわ》る。透《す》けることもなくちゃんと触れた。

「あれは夢だったのかしら」

バラ園でバラの手入れをしていたら、見知らぬ暴漢が現れて首を絞《し》められたのだ。何やら「鍵《かぎ》を出せ」と言っていた気もするが、突然《とつぜん》のことに驚《おどろ》いてよく覚えていない。とにかく怖《こわ》くてたまらなかった。息ができなくて、とても苦しくて、意識がもうろうとしてきて……そして、天使が迎えに来てくれたのだ。

「天使か。そうよね、私なんかのために天使様が現れるわけがないわ」

あれは夢だったのだと結論付けたときだった。

控《ひか》えめなノックの音が響《ひび》いた。自分以外誰もいないはずの屋敷なのに音がするなんて。そのことに恐怖《きょうふ》がこみ上げてくる。あれは未来を暗示する夢か何かで、今度こそ本物の暴漢かもしれない。ロゼッタは、ソファーの背もたれに置いてあったクッションを抱《かか》えた。

再びノックの音がして今度はそのまま扉《とびら》も開いた。人影《ひとかげ》が見えた瞬間、思い切ってクッションを投げる。その隙《すき》に逃《に》げようとしたのだが、テーブルに足が引っかかって転んでしまった。

「大丈夫《だいじょうぶ》ですか！」

人影がロゼッタの横に素早《すばや》く近寄ってくる。もうダメだ、そう思い身を縮めて衝撃《しょうげき》を待った。けれど、しばらくたっても衝撃はやってこない。

恐《おそ》る恐る顔を上げてみると、そこには夢に出てきた天使がいた。

「あの、お怪我《けが》はありませんか？」

心配そうに天使が膝《ひざ》をつき、ロゼッタを覗《のぞ》き込んでいる。

「い、いいえ、その、大丈夫です」

混乱しながらも何とか返事をする。天使が目の前にいるということは、さっきのは夢ではなくて現実だったということか。

「それは良かったです。ところで、外で倒《たお》れられてしまったので使用人を呼びに屋敷に入ったのですが、誰も見つからなくて……、なので勝手ながら俺が運ばせていただきました」

普通《ふつう》にしゃべっているけれど、本当に天使なのだろうか。よくよく見ると、頭上にいただくべき光の輪がないし背中にも翼《つばさ》がない。

「あの、あなたは？」

おずおずとロゼッタは問いかける。すると天使じゃないかもしれない彼は、真剣《しんけん》な面持《おもも》ちでまっすぐにこちらを見てきた。

「申し遅《おく》れました。俺はレオと言います」

透けるような白い肌《はだ》に、深い海のような色合いの瞳、白銀の長い髪《かみ》が氷を思わせるようにきらめく。すらりとした体格だが、弱々しさを感じることはなく、まるで血統書付きの高貴な猫《ねこ》のようだ。男性にふさわしくないかもしれないが、やはり美しいという言葉がよく似合う。

「もしかして、私を助けてくれたのでしょうか？」

「ええ。襲《おそ》われているのを見て慌てて助けに入りました。大きな屋敷なのに人の気配が少ないから物盗《ものと》りに狙《ねら》われたのかも。なんとか追い払《はら》うことができて良かったです」

レオが安堵《あんど》したかのように笑《え》みを浮《う》かべた。綺麗《きれい》すぎるがゆえに冷たい印象だったレオに、初めて血が通ったような温かみを感じた。その笑顔はどことなくあどけなさも残しており、やっと天使ではなく生きている人間なのだと思えた。

「あの、ありがとうございました。私はロゼッタ・フェリオ・レンティーニと申します」

ロゼッタは背筋を伸《の》ばし自己紹介《しょうかい》をする。

「あの、貴族様が俺相手にかしこまらないでください」

レオが目を丸くして首を振《ふ》っている。

「いえ、そういうわけには……あぁ、ごめんなさい。命の恩人にお茶すらお出ししていないなんて。すぐに用意してきますので、少々お待ちください」

今までは使用人がやってくれていたから、気付くのが遅れてしまった。そのことに思い至りロゼッタの心が鈍《にぶ》く痛む。

「あなたが用意を？」

レオが不思議そうに眉《まゆ》を寄せた。

「はい。お恥《は》ずかしい話ですが、使用人がすべて出て行ってしまいましたので、この屋敷には私しかいないのです」

「えっ、本当に誰も？」

驚きのせいか、レオの瞳の輝《かがや》きが少し揺《ゆ》れた。

「ええ。別に外出しているからいないというわけではなく、本当に誰も残っていないのです」

屋敷にいた使用人達は、誰一人としてロゼッタを気にかけることなく去っていった。その事実を告げるのも恥ずかしいが、いないものはいないのだから仕方ない。

「だったら、俺を雇《やと》ってくれませんか？」

突然《とつぜん》レオが身を乗り出すように言ってきた。

「あなたを？」

レオの勢いに押されつつ、ロゼッタは困ったなと眉を下げる。だって自分は稀代《きたい》の悪女として皆《みな》に嫌《きら》われているのだ。仕えても彼にとって良いことは何もないだろう。

「あまり言いたくはありませんが、私では仕え甲斐《がい》がないと思うのです。そもそも、どうしてこの屋敷に？」

「俺、レンティーニ侯爵《こうしやく》様に恩があって、それをお返ししたくてここに来たんです」

ロゼッタはなるほどと納得《なつとく》する。夫のアントニオ・レンティーニ侯爵は生前、いろんな人に手を差し伸べていた。自分と同じように彼もその中の一人なのだろう。でも、もう遅《おそ》い。

「ごめんなさい。もうアントニオ様は一か月前にお亡《な》くなりになってしまいました。ここにいるのは後妻である私だけなのです」

アントニオ以外、ロゼッタを後妻だと認める人はいないけれど。

訳あって高齢《こうれい》のアントニオと結婚《けつこん》したが、その夫も病には勝てずに亡くなってしまい、ロゼッタは齢《よわい》十九にして寡婦《かふ》となってしまったのだ。

「侯爵様が亡くなったことは知っています。とても残念ですが、あなたは侯爵様が最後にとても大切にされていた方だとお聞きしました。だから代わりにあなたに仕えることは、侯爵様への恩返しになると思います」

レオがこいねがうような瞳でロゼッタを見上げてきた。深い海の色の瞳が、不安そうに揺れている。思わず掬《すく》い取りたくなるような色合いに、ロゼッタの心も揺れた。

「俺、精一杯《せいいっぱい》働きます。だから奥様、お願いします」

「奥様……？」

初めてそんな風に呼ばれた。違和感《いわかん》がすごい。未《いま》だかつて、ここにいた使用人達でさえ、奥様とは口にしなかったから。

「奥様、はお嫌《いや》ですか？　では何とお呼びすれば」

レオはぐいぐいと話を進めようとしてくる。

「ええと、今までの使用人達からは、お嬢様《じょうさま》とかロゼッタ様などと呼ばれていましたが」

素直に答えると、レオは不思議そうに首を傾《かし》げた。

「奥様なのにお嬢様、とは変わった呼び方ですね」

「ええ、まぁ。私は皆さんにあまり受け入れられていなかったので」

使用人達は、頑《かたく》なにロゼッタを妻扱《あつか》いしようとはしなかったのだ。あくまで余所《よそ》の令嬢だという態度を崩《くず》さなかった。

「分かりました。では、侯爵様が亡くなられているのにあえて奥様とお呼びするのも気が引けますので、ロゼッタ様と呼ばせていただきますね！」

レオは、すでに仕えることが決まったような口ぶりだ。

「待って。この屋敷にいても良いことはないです。だって私一人しかいないんですよ？」

ロゼッタは没落《ぼつらく》したフェリオ子爵《ししゃく》家の出身で、結婚してレンティーニ家に加わったものの寡婦となってしまった。一族からは煙《けむ》たがられているが、再婚の予定はないのでこのまま身の置き場に困る状態が続くだろう。

「ロゼッタ様がいらっしゃればそれでいいんです。俺の目的は達成できますから」

「恩返しがしたいのなら、十分返してもらっています。さっき命を助けてもらったのだから」

行き先もなく沈《しず》む船のような存在のロゼッタに、前途《ぜんと》洋々たる若者を付き合わせるわけにはいかない。出世も見込《みこ》めないだろうに、レオも意外と強情《ごうじょう》だ。

「ロゼッタ様がそう来るなら俺も言わせていただきますけど。助けられた恩を返すと思って、俺を雇ってください。俺、仕送りのためにも働きたいんですよ。だからお願いします」

恩返しのために雇って欲しくて、恩返しのために雇う？　なんだか恩返しが一周回ってよく分からなくなってきた。

「ほら、これで公平になるでしょ、ロゼッタ様」

確かに、仕送りをしたいのならば働き口がないと困るだろう。あるいはロゼッタが遠慮《えんりょ》しなくてもいいようにと、レオはわざと仕送りを理由にしてくれているのかもしれない。だとしたらなんて優《やさ》しい青年なのだろうか。

「でも私に仕えたら、あなたに迷惑《めいわく》がかかるかもしれないし」

混乱のあまり、じわりと汗《あせ》がにじみ出てくる。

「ロゼッタ様が『はい』と言ってくださらないと、俺は一生、恩を返せなかったと後悔《こうかい》し続け

ることになります。それに仕送りのためにも働きたい。だから俺を助けると思って、お願いします。ロゼッタ様も俺に助けてもらったと思ってくれているんでしょう。なら、その恩を返してください。お互《たが》いに恩を返せて丸く収まるでしょ。これ以外に良い方法あります？　俺はないと思います」

すらすらと説得の言葉を積み重ねてくる。ロゼッタは反論の言葉も上手《うま》く見つからない。

「そ、そうかも、しれないです」

勢いに気圧《けお》されて、ロゼッタは思わず頷《うなず》いてしまった。

「よしっ。じゃあ決まりですね」

レオは嬉《うれ》しそうに拳《こぶし》を握《にぎ》っている。その喜び方が可愛《かわい》らしくて、ロゼッタの頬《ほお》も少し緩《ゆる》む。

まるで気まぐれな猫に懐《なつ》かれたようだ。まんまと流されてしまったような気がするが、こんなに喜んでいるならこれで良かったのかもしれない。ロゼッタに仕えることで彼が満足するなら、自分にもまだ存在価値があるのだ。彼一人だとしても、必要とされているのならば、それは喜ばしいことだから。

ロゼッタが住んでいるのは、ヴェネト王国のレンティーニ領。ヴェネト王国は貿易で栄えている国で、船を使い遠くの国とも広く交流がある。それゆえ首都では様々な国の人が暮らしていた。

レンティーニ領は少し田舎《いなか》だが、温暖な気候で作物の実りも多い。商業も盛《さか》んで活気のある地域だった。でもそれは三年前までの話だが。あることをきっかけに、ここを治めていた大貴族であるレンティーニ侯爵家は一気に落ちぶれてしまったのだ。

同じ頃に、ロゼッタはアントニオ・レンティーニ侯爵の後妻に入った。だからだろう。ロゼッタはレンティーニ家の富を吸い尽《つ》くし、没落させた原因だと噂《うわさ》され始めた。実際には、家族を亡くし行く当てがなかったロゼッタを、アントニオが助けてくれただけなのだが。だが、高齢のアントニオと当時十六歳だったロゼッタの婚姻《こんいん》は、周りから変な憶測《おくそく》をされるばかりで祝福されることはなかった。

そして、レンティーニ家の没落と同時にやってきた若すぎる後妻を、使用人達も受け入れなかった。アントニオが二年前から臥《ふ》せってしまい、ロゼッタは彼と共に療養《りょうよう》のために別邸《べってい》へと移ってきた。その際について来た使用人達は、アントニオが亡くなり葬儀《そうぎ》や諸々《もろもろ》の手続きが終わった途端《とたん》、あっという間に本邸へと戻《もど》ってしまったのだ。容赦《ようしゃ》なく、ロゼッタを置き去りにして。

だからレオが現れたときは、正真正銘《しょうしんめい》、屋敷《やしき》に一人ぼっちだった。

二人での暮らしが始まって十日が過ぎた。最初こそ、悪く言われる自分に仕えさせることを、ロゼッタは気兼《きが》ねしていた。けれど生き生きと屋敷の中を動き回っているレオを見て、一週間も過ぎると雇《やと》って良かったと思うようになっていた。

「まぁ、このオムレツ、ふわふわだわ」

レオの作る料理はとにかく美味《おい》しい。本人は簡単なものしか作れませんというが、特に卵料理は最高だ。この絶妙《ぜつみょう》にふわふわでトロトロなオムレツを目を閉じてゆっくりと味わう。

「レオは本当に何でもできるのね。掃除《そうじ》や洗濯《せんたく》、屋敷の補修、極《きわ》めつけにこの料理」

「おだてても何も出ませんよ」

レオはお仕着せの白いシャツに黒いベスト、黒のリボンタイをつけた姿だ。そして髪《かみ》を括《くく》っているリボンは、ロゼッタが渡《わた》したものだった。

給仕をしながら淡々《たんたん》と答えているレオを見て、ロゼッタは可愛いなと思った。

「そう言いつつ、デザートにプリン焼いてたの知ってるんだから」

ロゼッタが、プリンが好きだと何かのときにもらしたのだ。それを覚えていたのだろう。さっそく作ってくれるなんて、レオは本当に出来る子だ。

「まさか、厨房《ちゅうぼう》に入られたんですか？」

レオが焦《あせ》ったように、厨房の方を見た。

「ダメなの？」

「ダメと言いますか……ロゼッタ様は手伝おうとしてくださいますが、やはり厨房は使用人の区域ですし、ロゼッタ様はこの屋敷の主人ですから、その、何と言いますか、俺に任せてもらえれば大丈夫《だいじょうぶ》ですよ」

レオはもごもごと言いづらそうにしているが、おそらく先日のことが影響《えいきょう》しているのだろう。ロゼッタが何か手伝いたいとスープの味付けをしようとして、びっくりするくらい不味《まず》いものを仕上げてしまったのだ。

「大丈夫よ。厨房の入り口で、プリンの匂《にお》いがするなって思っただけ」

「はぁ、良かった」

レオは、心底ほっとしたように息をはいた。

そこまで警戒《けいかい》しなくてもと拗《す》ねつつ、こういうやりとりも良いなと思った。レオが来てから毎日が充実《じゅうじつ》している気がする。今までは淡々と過ぎていた日々だったけど、今はちょっとしたことが楽しくて、きらきらして見えた。

「ね、レオも座って。一緒《いっしょ》に食べましょ？」

ロゼッタは楽しい気分に乗って、給仕のために立っているレオを誘《さそ》う。

ずっと、広いテーブルに一人は寂《さび》しすぎると思っていた。でもアントニオが臥せってからは、あまんじて一人きりの食事を受け入れてきたのだ。

「却下《きゃっか》です。使用人が主《あるじ》と一緒に食事などいけません」

レオは即答《そくとう》だった。眉《まゆ》がピクリと動いたくらいで、他《ほか》は微動《びどう》だにしない。

「誰《だれ》も見てないし、いいじゃない。レオだって、一緒に食べた方が片付けが楽でしょう。それに一緒の方がきっと美味しいわ」

「そ、そういうことではなくて……、本気でおっしゃってます？」

レオは信じられないものを見たとばかりに、目を見開いている。

もちろんロゼッタは本気だった。確かに礼儀《れいぎ》作法としてはいけないことだ。でもロゼッタが一人で食べて、レオもこの後に一人で食べるのなら、一緒に食べた方が楽しいし、準備も後片付けも一回で済むではないか。

「本気よ。ほら」

ロゼッタは立ち上がり、お茶の準備をしようとするレオを静止させる。

「えっ？」

戸惑《とまど》うレオの肩《かた》を押して、ロゼッタの座っていた真正面の椅子《いす》に座らせた。

「ここなら顔を見ながら食べられるでしょ」

「……仕方ありませんね。じゃあ最後のデザートだけご一緒します。それで勘弁《かんべん》してください」

レオが諦《あきら》めたように肩の力を抜《ぬ》いた。

本当は食事も一緒が良かったけれど、あまり困らせるのは本望《ほんもう》ではない。そう思いロゼッタは素直《すなお》に席に戻った。

デザートに辿《たど》り着くべく食事を再開する。少しオムレツが冷めてしまったけれど、それでもやっぱり美味しい。

「ねえ、レオって何歳なの？」

目の前に座るレオを見て、ふと疑問がわいた。大人びて見えるが、時おり見せる表情には幼さも混じっているように感じるから。

「十七歳ですよ」

「まぁ、私の弟と一緒ね。どうりで何か懐かしい気分になるはずだわ」

歳下だろうとは思っていたが、偶然《ぐうぜん》の一致《いっち》にロゼッタは嬉しくなる。

ロゼッタの弟は、姉であるロゼッタに対して心配性《しょう》な可愛くて頼《たよ》りになる弟だった。だからだろうか、レオを見ていると実家での記憶《きおく》が呼び起こされる。幸せな生活……だけど、だんだんとその記憶は真っ黒に焦《こ》げていく。

「懐かしいなら、会いに行かれればいいじゃないですか。お供しますよ」

レオの声に、黒く沈《しず》んでいた意識が浮上《ふじょう》する。

そうだ。今いるのはレンティーニ家だ。あれはただの記憶。追いかけてきて飲み込まれそうになるけれど、飲み込まれたらいけない。ロゼッタは無理やり笑《え》みを浮《う》かべる。

「レオを天国に連れて行くわけにはいかないから、遠慮《えんりょ》しておくわ」

レオが息をのんだ。

「それって……まさか」

「そう。弟はね、もう死んでしまったの。弟だけじゃなくお父様もお母様もみんな。火事でね、私だけ生き残ってしまったの。だから私は一人ぼっちよ」

ロゼッタの心を表したように、花瓶《かびん》に生けてあったバラの花びらが一枚だけぽとりとテーブルに寂しく散った。

レオが立ち上がり、ロゼッタの横に移動してくる。椅子の背に手を乗せ、片膝《かたひざ》をついた。

「ロゼッタ様。俺は本当の弟様にはなれません。ですが、亡くなられた弟様の代わりに、俺ではロゼッタ様の心を慰《なぐさ》めることはできませんか」

見上げてくるレオの表情は真剣《しんけん》だった。

心意気は嬉《うれ》しい。レオを見て、弟みたいで可愛いとも思う。でも弟の身代わりにするというのは何か違《ちが》う、そんな気がした。

「変な気を遣《つか》わなくていいの。レオはレオなんだから。レオが私に仕えてくれて、それだけで私は嬉しいの」

自分を主として求めてくれる存在がいる。それはロゼッタにとって初めてのことだった。レンティーニ家に来て、誰にも受け入れてもらえなかった。アントニオ以外、誰もロゼッタを見ようとしてくれなかったから。

そのアントニオも、ロゼッタには必要だったけれど、アントニオにとってロゼッタはいなくても困らない。もちろん、向けてくれた優《やさ》しさが嘘《うそ》だったとは思わないけれど、一方的にロゼッタが保護される関係だった。誰かに何かを与《あた》えることもなく必要とされることもなく、逆に迷惑《めいわく》をかけていた。

そんなロゼッタが初めて必要とされたのだ。求められることがこんなにも心躍《おど》る気持ちになるとは思ってもいなかった。それがロゼッタにとって、どれだけ救いになることか。

「……俺がお仕えするだけで、嬉しいんですか？」

レオの瞳《ひとみ》が不安げに揺《ゆ》れた。どうしてそんな心許《こころもと》なげな表情をするのだろう。きっと笑顔を浮かべてくれると思っていただけに、ロゼッタこそ不安になる。気付かぬうちに何かレオにとって嫌《いや》なことを言ってしまったのだろうか。

「もちろん。レオが来てくれて私は本当に嬉しいし、ありがたいと思っているの」

「こちらこそ……その、ありがとうございます」

レオの瞳が再び揺れた。

レオの瞳はとても綺麗《きれい》な深い海の色をしているから、いつも吸い込まれるように見つめてしまう。だからだろうか、レオの瞳の輝《かがや》きがたまに少しだけ、ほんのちょっとだけ揺れるのに気が付いた。どんな気持ちのときにそうなるのかは、まだ分からないけれど。

「そういえば、レオは仕送りをしていると言っていたわね。弟妹《きょうだい》が多いの？」

「多いといえば多いですね。養護院の子ども達を弟妹とするならば、ですが」

レオは何でもないという風にさらっと言う。そんなレオとは正反対に、ロゼッタは言葉に詰《つ》まった。

こういうとき、どんな言葉をかけるのが正しいのだろう。勝手に可哀想《かわいそう》と決めつけるのは失礼な気がするし、かといって養護院で育つからには何か困った事情があったのだろうし。

「レオは、養護院で育ったのね」

「はい。ですがロゼッタ様、お心を痛める必要はないですよ。親がいない子どもはその辺にたくさんいます。そんなに特殊《とくしゅ》なことじゃありません」

レオは苦笑いを浮かべている。確かにロゼッタも両親を、そして弟も失った。十六歳の時でもとても辛《つら》かった。だけど、養護院で暮らすような子ども達はもっと幼いだろう。幼い子ども達に親がいないのは、ロゼッタが感じた悲しみ以上に辛いことのはずだ。

「だから、働き口を探していたのね」

「はい。俺はそこの先輩《せんぱい》の仕送りで育ったので、今度は俺の番かなと思って」

まだ十七歳だというのに、すごくしっかりしている。本来ならば自分のことだけで精一杯《せいいっぱい》だろうに、年下の子達のために働いているなんて。

これはレオを簡単に解雇《かいこ》してはいけないなと思った。もちろん、解雇するつもりは毛頭ないけれど。逆に世を儚《はかな》んでいる場合でもない。レオを雇《やと》い続けられるように、自分がもう少しちゃんとしなければ。

「ロゼッタ様、日焼けしてしまいますよ」

ロゼッタがバラ園の世話をしていると、レオがつばの広い帽子《ぼうし》を持ってきた。今日は曇《くも》りだから平気かと思っていたけれど、レオにとっては許せないらしい。

「ありがとう。でも、それほど日焼けはしないと思うけど」

「曇りだからって油断は禁物です。ロゼッタ様の白い肌《はだ》が日焼けしたら大変ですよ」

レオは心配そうに言いながら帽子を被《かぶ》せてきた。風に飛ばされないようあごの下にリボンまで結んでくれる甲斐甲斐《かいがい》しさ。ロゼッタは右手にはハサミ、左手にはバラの茎《くき》を握《にぎ》っていて、されるがままだ。帽子を渡《わた》してくれれば自分で被るのだけれどと思いつつ、レオがするに任せる。ロゼッタがやるよりも手早くかつ丁寧《ていねい》だからだ。

レオはこういう動作が手慣れている。きっと養護院の下の子達の世話もこんな風にしていたのだなと分かるくらいには。ということは、もしかして子ども扱《あつか》いされているのかしら……と内心ロゼッタは首を傾《かし》げる。

「ロゼッタ様はご自分に無頓着《むとんちゃく》すぎてびっくりします。俺、てっきり高価なドレスやアクセサリーを毎日身に着けてるんだと思ってました」

レオは話しながらも手を止めない。

「世間の人達はみんなそう思っているわ。できるだけ勘違《かんちが》いされないようにと、質素なものを数枚着まわしているのだけれど。今着ているものは作業用だから、持ってる中でも一番の古株ね」

「まさか、ここ破れたの刺繍《ししゅう》で誤魔化《ごまか》してます?」

レオが腕《うで》部分にある蝶《ちょう》の刺繍を見ていた。

「ふふ、そうよ。高価なドレスは汚《よご》さないように気を遣うし、アクセサリーも選ぶのが面倒《めんどう》だから、今くらいが私にちょうどいいわ。何も考えずとも次に着るものが決まっているなんて、最高じゃない」

ロゼッタは笑いながら言う。するとレオは一瞬《いっしゅん》手を止めたが、再び動かし始めた。

「ねぇ、レオはバラは好き?」

「そこら中で咲《さ》いているので、あまり考えたことがありませんでした」

結んだリボンの長さが気に入らないのか、丁寧に直しているレオ。几帳面《きちょうめん》さを遺憾《いかん》なく発揮している。

「確かに、あちこちにバラが植わっているものね」

バラは国花とされているので、貴族の邸宅《ていたく》や公共の施設《しせつ》では必ず育てられている。また庭を持つ庶民《しょみん》なども、自主的に育てている場合が多い。

「えぇ。でも、そうですね。ここに来てからバラって綺麗なんだなって思いました。ここのバラは花はもちろんですが、葉も大きくて、虫食いもないし変色もしていない。株全体が生き生きとしています。ロゼッタ様がこうして毎日手入れされている成果ですね」

レオはリボンから手を放し笑《え》みを浮かべた。その笑顔がロゼッタはまぶしかった。

アントニオもバラ園の世話をねぎらってくれたが、病床《びょうしょう》にいたため切ったバラしか見せられなかったのだ。こんな風に花以外のところまで見てくれるなんて、初めてだった。

「気付いてくれて嬉しいわ」

ロゼッタは心がふわっと温かくなるのを感じた。

その瞬間、風が巻き起こる。バラ達も喜んでいるかのように風に揺れた。

「あ、ロゼッタ様。髪《かみ》が枝に引っかかっています」

レオの指摘《してき》に横を向くと、確かに一房《ひとふさ》の髪が枝に絡《から》まっている。さっきの風で絡んでしまったのかもしれない。

ロゼッタは、くいっと引っ張る。けれど枝が一緒《いっしょ》についてくるだけだった。

「そんなに無理やり取ろうとしないでください。髪が傷んでしまいます」

レオが慌《あわ》てた様子で、腰元《こしもと》からナイフを取り出した。鞘《さや》から抜《ぬ》くと刃《は》をバラの枝にあてる。

「待って。切る方が違うわ。髪を切ってちょうだい」

「えっ？」

レオが戸惑《とまど》ったように、手元とロゼッタの顔とを交互《こうご》に見た。

「髪なんてすぐに伸《の》びるわ。その枝はまだ若いもの。切ったら可哀想よ」

「ですが……それを言うなら、バラの枝だって伸びますけど……」

レオの瞳が揺れている。

「横の枝との釣《つ》り合いで必要なの。私のもさもさとうねった髪なんて、ちょっとくらい切っても影響《えいきよう》なんて無いから大丈夫《だいじようぶ》」

「もさもさとうねったって……豊かに波打つ髪をそんな表現しないでください。ロゼッタ様の髪はお綺麗です。ロゼッタ様の優しい人柄《ひとがら》を表したような、柔《やわ》らかく美しい髪ですよ」

レオは至って真面目《まじめ》な顔で言ってきた。真正面からそんなことを言われ、ロゼッタの方が面《めん》食《く》らってしまう。

「レオは褒《ほ》めるのが上手ね。でも本当にいいのよ。髪の方を切ってちょうだい」

再度お願いすると、レオは手にナイフを持ったまま髪の絡まった枝を眺《なが》めていた。どうしたのだろうか。

「少しの間、持っていてください」

レオはナイフを鞘にしまい、ロゼッタに手渡《てわた》してきた。思わず受け取ると、レオは無言で絡まった髪をほどき始めた。どちらも切らない選択《せんたく》をするとはなんて優しいのだろうか。

レオの手元を気にしつつ、ロゼッタは手渡されたものを見つめる。

「綺麗な装飾《そうしょく》ナイフね」

ナイフの握り部分は流麗《りゅうれい》な模様がついていて、双葉《ふたば》のような鍔《つば》は優美に半円を描き、鞘は深い青で覆《おお》われ縁取《ふちど》りの銀色が氷のきらめきを感じさせる。まるで、寒い北の国を凝縮《ぎょうしゅく》したような代物《しろもの》だった。

「これは、母の形見なんです」

「まぁ……そうだったのね」

大切な形見にレオは触《ふ》れさせてくれた。レオに心を開いてもらえているのだと嬉《うれ》しく感じる。けれど無遠慮《ぶえんりょ》に話題にするべきではなかったと反省した。レオは養護院で育ったと言っていたのだから配慮すべきだったのだ。

もっとレオのことを知りたいという気持ちと、無遠慮に立ち入って傷つけたくないという気持ちが天秤《てんびん》のように揺《ゆ》れる。そんな心の揺れが表情に出ていたのか、レオが笑った。

「ロゼッタ様、聞きたいなら素直《すなお》に聞いていいんですよ」

「いや、でも、その、なんていうか……少し気になるわ。どんなお母様だったのかしら、とか」

レオはとても綺麗《きれい》な顔立ちをしている。そして茶系の髪が多いこの国では珍《めずら》しい白銀の髪だ。肌の色も抜けるような白さで、その特徴《とくちょう》は異国の特色なのだ。

「俺の見た目から想像している通りですよ。母は出稼《でかせ》ぎでこの国に来て、その美しさゆえに見《み》初《そ》められて父と結婚《けっこん》したんです。記憶《きおく》に残る母は、俺から見てもとても綺麗な人でした」

レオはロゼッタの手元にあるナイフを、愛《いと》おしそうに見つめている。

「これは母が俺に残してくれた唯一《ゆいいつ》の形見です。良いものらしく、父に売られそうになったことがあるので、それ以来、肌身《はだみ》離《はな》さず持っているんですよ」

母の存在を大事にしているレオは、健気《けなげ》で愛情深い子なのだと思った。

レオが奮闘《ふんとう》し始めてしばらくたち、やっと髪がほどけた。満足気に笑みを浮《う》かべるレオを見て、心がじんわりと温かくなる。

漠然《ばくぜん》とレオの隣《となり》は居心地《いごこち》が好《よ》いと思っていた。でもそれは、レオも大事な人を失って孤独《こどく》を知っているからなのかもしれない。

大事な人やものは失わないほうが良いに決まっている。けれど孤独に慣れたロゼッタには、すべてが満ち足りている人は眩《まぶ》しすぎた。側《そば》にいると、こんな自分がいて申し訳ないと思えて、居心地が悪くなってしまう。でもレオに対してはそんな風に感じたことがない。いつもロゼッタにとって心地の好い空気をまとっているのだ。それがレオの孤独ゆえだとしたら、少し寂《さび》しいけれど。

ロゼッタの孤独を和《やわ》らげてくれたのはレオだ。レオの孤独も、ここにいることで少しでも和らげばいいなと思う。

レオとの慎《つつ》ましくも騒々《そうぞう》しい日々が半月ほど過ぎたある日の午後。突然《とつぜん》、来客があった。

「ダニエラ様、よ、よくいらしてくださいました」

ロゼッタは緊張《きんちょう》しながら、ダニエラを客間へと通す。

「ごきげんよう、ロゼッタ。使用人にすべて逃《に》げられたにしては、思ったよりまともな生活してるみたいね」

ダニエラはちらりと屋敷《やしき》内の様子を見ながら、客間のソファーに座った。侍女《じじょ》二人が後ろに待機している。

ダニエラはアントニオの一人娘《ひとりむすめ》、つまりはロゼッタにとって義理の娘だ。ロゼッタとアントニオが年の差結婚だったがゆえに、母娘《おやこ》の年齢《ねんれい》が逆転してしまっているが。そして、アントニオが病に倒《たお》れてから、助言を受けつつ当主代理を務めていたのも彼女だ。

ダニエラは四十代で独身を貫《つらぬ》いている。エネルギッシュで貫禄があり、ロゼッタはいつも圧《あっ》倒《とう》されていた。

ダニエラと会うのはアントニオの葬儀《そうぎ》以来だ。こんなときに限ってレオの姿が見えないのが心細さに拍車《はくしゃ》をかける。

「ロゼッタ・フェリオ・レンティーニ」

「は、はい。なんでしょうか」

突如《とつじょ》フルネームで呼ばれ、びくっと背筋が伸びた。

「これ、身に覚えはあるかしら」

ダニエラが差し出してきた黄ばんだ紙を受け取る。内容を見ると……報酬《ほうしゅう》、金貨千枚。

「懸賞《けんしょう》金？」

ロゼッタは首を傾《かし》げる。こんなもの身に覚えがあるわけがないのだが。でもダニエラはじっとこちらを見てくるので、もう一度紙をよく見る。

「えっ、私？」

紙にはロゼッタの名前が一字一句違《たが》わず書かれていた。そして、条件には『鍵《かぎ》を奪《うば》い取り、かつ殺した者に金貨千枚』と。

もちろん身に覚えなど無い。けれど、唯一思い当たることと言えば、先日バラ園で襲《おそ》ってきた暴漢だ。あの暴漢は確か「鍵を出せ」と言っていた気がする。だとすれば、あの暴漢はただの物盗《ものと》りではなく、懸賞金を狙《ねら》って来たということになる。

「あなた、何者かに懸賞金をかけられているわ。本当に何もしていないの？」

「していません。ずっと屋敷の中にいました」

違《ちが》うと首を横に振《ふ》った。しかし、ダニエラは腕組《うでぐ》みをしたまま、ロゼッタを見てくる。

「レンティーニを名乗っている以上、あなたが変なことに巻き込まれるのは困るのよ。ただでさえ没落《ぼつらく》を食い止めるので私は精一杯《せいいっぱい》なの。だから正直に話してちょうだい」

ダニエラは全然信じていないようだ。でも、ダニエラがこう言う気持ちも分かる。アントニオが亡《な》くなって葬儀も終わり、本格的にダニエラが一人でレンティーニ家のすべてを背負い始めたのだから。いろんな重圧があるに違いない。

でも懸賞金をかけられた理由には、まったく思い当たることがないのだ。困り果て、ロゼッタはただ沈黙《ちんもく》するしかない。

「はぁ、黙《だま》り込んでも何も解決しないわよ。ほら、懸賞金の条件に『鍵を奪い取り』って書いてあるけど、鍵を拾ったとか、見つけたとか、何かないの？」

少しダニエラがイラついてきたようだ。テーブルの上に置かれた指が、カツカツと音を鳴らし始めた。その音に追い立てられるようにロゼッタは必死で考える。けれど結論は同じだ。

「いえ、何も心当たりはありません」

「じゃあ、言わせてもらうけど。この『鍵』って、お父様の遺言状《ゆいごん》にあった『鍵』のことじゃないかしら。そう考えれば、この懸賞金にも説明がつくわ」

ロゼッタの口から「あっ」と声が漏《も》れる。確かに、遺言状にも『鍵』という言葉が出てきていたのだ。

【レンティーニ家は娘に任せる。母と協力して前に進んで欲しい。レンティーニ家の希望の鍵は、薔薇《ばら》の女神《めがみ》に隠《かく》している】

でも、これは具体的な鍵なのだろうか。てっきり抽象《ちゅうしょう》的な意味での鍵だと思っていたのだが。

「わざわざ遺言状に、母と協力しろと書くくらいなのだから、あなたが何か知っていると考えるのが自然でしょう」

「そ、それはアントニオ様が、自分が亡くなった後でも仲良くして欲しいという意味かと……」

ロゼッタはしゃべりながら、どんどんと声が小さくなっていく。ダニエラの表情が一変したからだ。今までの冷静な表情が消え去り、眉間《みけん》に皺《しわ》を寄せてロゼッタを睨《にら》み付けてきている。

「今まで、私とあなたが仲良かったことなんてあったかしらね」

ダニエラにとっては自分よりはるかに若い母親で外聞も悪いうえ、ロゼッタは何かと因縁《いんねん》のある家の出身だった。アントニオとロゼッタの大叔母《おおおば》は婚約していたのだ。大叔母が早くに亡くなったため婚約も破棄《はき》されたが、アントニオがかつての婚約者を忘れられず、ロゼッタを身代わりに迎《むか》え入れたと思ったのだろう。ダニエラの胸中は容易に想像がつく。

アントニオの前妻、つまりダニエラの母親は二十年前に亡くなっているが、ダニエラは母親をないがしろにされたと感じたに違いない。だから常にロゼッタに対して壁《かべ》を作っていた。

そして、その壁を使用人達も敏感《びんかん》に感じ取っていた。ダニエラに倣《なら》い、ロゼッタに対して冷たい態度を取るのが当然となっていたのだ。

「金貨千枚といったら、庶民《しょみん》が一生働かずに暮らせるほどの額よ。懸賞金をかけた者にとって、それをしのぐほどの莫大《ばくだい》な利益があるということ、そして、その懸賞金をかけられているのはレンティーニ侯爵《こうしゃく》の妻だということ。このことから考えれば、遺言状にあった『鍵』と懸賞金の『鍵』は同一のものだと考えるのが妥当《だとう》よ」

もっともだと思う。けれど役立たずなロゼッタに、そんな大事なものを託《たく》すだろうか。もし託されていたら、重圧で挙動不審《ふしん》になっている自信がある。

「黙ってないで、何か思い当たることはないの？　没落したレンティーニ家に希望をもたらすほどのものよ。私が予想するに、国に没収されないよう公《おおやけ》にしていない遺産だと思うの。あなたにだけ、こっそり遺産の隠し場所とか伝えたりしてない？」

「何も聞いてないです。でも、アントニオ様は私などにそんな重要なことを託すとは思えませんし――」

すると、ロゼッタの言葉をさえぎるように、ダニエラが怒《おこ》り出した。

「ならどうして懸賞金をかけられるの！　あなたに価値があるとしたら、アントニオ・レンティーニの妻だったことだけよ。それなのに知らない聞いてないばっかり。お父様もお父様だわ。勝手に結婚《けっこん》しておいて、勝手に死んで、勝手にお荷物の妻を押し付けられても困るのよ！」

感情的に詰《なじ》られ、でも言うこと全部がその通りだった。何も言い返せず、でも逃げ場もない。

涙《なみだ》が出そうになるも必死でこらえた。余計に怒るであろうことは経験で分かっているからだ。

ダニエラは興奮を抑《おさ》えるためか一呼吸置いた。そして、幾分《いくぶん》落ち着いた口調で続ける。

「懸賞金をかけた奴《やつ》は、あなたから鍵を奪いレンティーニ家の遺産を丸ごと手に入れるつもりに違いないわ。そしてあなたは用済みだから殺す。この懸賞金はそういう意味でしょ。それ以外、説明がつかないもの」

ダニエラの言うことは確かに筋は通っている。没落するまでは国中の誰《だれ》もが認める大貴族だったのだから、非常用の備蓄《びちく》財産があってもおかしくはない。そして現状はまだ影《かげ》も形もなく、それに繋《つな》がる『鍵』も見つかっていない状況《じょうきょう》だ。アントニオの晩年を一緒《いっしょ》に過ごしたロゼッタが真っ先に疑われるのは当然と言える。

「どうせ遺言状の『薔薇の女神』は、あなたのことなんでしょ。遺言状にまでデレデレと女神とか書くだなんて、我が父ながら本当に恥《は》ずかしい。こんなこと書くから、若い女におぼれて道を踏《ふ》みはずしたとか言われるのよ」

ダニエラは怒《いか》りのあまり、ぷるぷると拳《こぶし》が震《ふる》えている。

噂《うわさ》とは無責任なもので、ロゼッタが後妻になったのはレンティーニ家が没落してからだ。けれど世間の人にとってはそんなことどうでも良くて、ただ面白《おもしろ》おかしく騒《さわ》ぐばかり。若い女を後妻に迎えて、富を吸い取られたのだと。皆《みな》がそう信じている。

でもダニエラは、このいわれのない陰口《かげぐち》に傷ついてきたのだろう。当主代理としてレンティーニ家の顔となり、その悪意を一人で受け止めてきたに違いない。だから原因となったロゼッタは、ダニエラに対して申し訳なさが先に来る。どんなに罵《のの》られても、迷惑《めいわく》をかけているのだから仕方ないのだと、そう思って萎縮《いしゅく》してしまうのだ。

「本当は鍵を持ってるんでしょ。そして、ほとぼりが冷めたら開ける気なんじゃないの？　生前の父をたらし込むだけじゃ飽《あ》き足らず、死んだ後の財産まで独《ひと》り占《じ》めしようとするなんて、とんだ強欲《ごうよく》女ね。懸賞金で命を狙われるとか、いい気味だわ」

ダニエラが威圧《いあつ》するかのように立ち上がった。怖《こわ》くてロゼッタは体を強張《こわば》らせる。すると、ダニエラが嘲《あざけ》るように口角を上げた。

「か弱いふりが上手ね。でも私は騙《だま》されないから。絶対に悪女のしっぽを捕《つか》まえてやるわ」

ダニエラがさっと右手を小さく挙げると、控《ひか》えていた侍女《じじょ》の一人が前に出てきた。

「お義母様《かあさま》。今日から目付役として、このパメラを別邸《べってい》に置くわ。鍵を見つけだし、懸賞金をかけた犯人から鍵を守る意味もあるけれど、それ以上にあなたが変な行動をしないための見張りよ。良い機会だからパメラにはいろいろと教育をお願いしてあるわ。覚悟《かくご》しておくことね」

ダニエラはすごみのある声で言うと、パメラと呼ばれた侍女を残し、帰って行った。

パメラはとてもグラマラスな女性だった。ロゼッタよりも年上だろうか、とても艶《つや》っぽい雰《ふん》囲気《いき》を漂《ただよ》わせている。背はロゼッタより高く、赤い口紅がとても印象的だ。質素な黒いワンピース姿だがあまり使用人のようには見えない。

「ロゼッタ様。気になることがあるんでちょっと離《はな》れますが、私が戻《もど》るまでこの部屋からは絶対に出ないでくださいよ」

厳格なダニエラの侍女にしては、意外と口調が砕《くだ》けている。ロゼッタがうなずくと、素早《すばや》い動きで部屋を出て行った。

一人になったロゼッタは、ぐったりとソファーに座り込む。とにかく大変なことになった。

頭の中がぐちゃぐちゃだ。

「懸賞金《けんしょうきん》……命を狙《ねら》われているってことか」

ぽつりと独り言がこぼれる。

実感がわかなかった。確かに先日暴漢に襲《おそ》われたけれど。それでもどこか他人事《ひとごと》のような気がしてしまう。懸賞金をかけられているのは自分ではなく噂の中の悪女なのだと。

でもそれはただの現実逃避《とうひ》なのだろう。実感してしまったら、恐怖《きょうふ》に押しつぶされてしまいそうだから。恐怖から逃《に》げるために別のことを考えようと思った。

すぐ思い浮《う》かぶのはダニエラの顔だった。せっかく屋敷《やしき》まで会いに来てくれたというのに、結局怒らせてしまった。

ロゼッタだって、ダニエラに協力したいと思っている。レンティーニ家のためにできることをしたい。遺産のありかを知っているのならば、すぐにでも教えるのに。でも保護されるだけで何の役にも立てなかったロゼッタに、アントニオが大事な遺産のありかを託すわけがないのだ。その証拠《しょうこ》に、何も聞いてないし預かってもいない。

「私が至らないせいで、何の役にも立てていない」

自分がもっと皆に信用されていれば、状況は変わっていたのだろうか。

迷惑をかけるばかりで、何もできない自分が歯がゆかった。


あくる日の真夜中、レオはロゼッタとパメラに見つからぬように、音を立てずに屋敷を出た。塀《へい》を乗り越《こ》え敷地《しきち》内に侵入《しんにゅう》してきた賊《ぞく》を見つけると、レオは素早くナイフで切りつける。賊の脚《あし》に怪我《けが》を負わせ、動きを封《ふう》じた。

「お前……まさか『銀氷《ぎんひょう》の狼《おおかみ》』か？」

地面に倒《たお》れた賊が、荒《あら》い息で問いかけてきた。

レオは冷ややかな目で賊を見下ろす。

「声が響《ひび》く、黙《だま》れ」

賊が無駄口《むだぐち》をたたかないよう、いらだちの発散も兼《か》ねて数発殴《なぐ》って気絶させる。そして、裏門から放《ほう》り出した。

「殺されないだけ感謝しろよ」

聞こえていない相手に言ってもしょうがないか、とレオは小さく笑う。別に良心が痛むから殺さないわけじゃない、ただ処理が面倒《めんどう》だから殺さないのだ。門の前に死体が転がっているのはまずい。だが、命があれば勝手に移動してくれるというわけだ。

レオが戻ろうと、屋敷の通用口を開けた時だった。

「あなた、こんな時間に何してるの？」

声に振《ふ》り返ると、パメラが立っていた。

「物音が聞こえたので、気になって見に行ってたんです。ほら、ロゼッタ様が狙われてるって聞いたから心配で」

レオは平静を装《よそお》い、しれっと返事をする。

「なるほどね。それで、物音の原因は？」

「ええと……はっきりとは分からなくて。たぶん猫《ねこ》じゃないかなぁとは思うんですけど」

パメラは無表情だ。何を考えているのか全然読めない。

「そう。じゃあ私が見に行くから、あなたも付いてきなさい」

「……はい」

パメラは屋敷の周りを歩いていく。レオもしぶしぶ付いていった。

もう少しで、賊を捨てた裏門だ。

「ここ、血が落ちてるわ」

パメラが指した先は、賊が倒れていた場所だった。

「これ血ですか？　暗くてよく分からないですよ」

レオが首をひねると、パメラが呆《あき》れたようなため息をこぼした。

「まったく、今回は証拠がないから諦《あきら》めるけど。私はいつのまにか屋敷にいたあなたを信用してないから。ちょっとでもおかしなことをしたら、問答無用で排除《はいじょ》するわ」

パメラはそう言うと、レオを残して屋敷に戻っていった。

レオは地面に落ちた賊の血を靴《くつ》で踏み消す。

「ちっ、面倒だな。まったく、さっさと鍵《かぎ》が見つかればいいのに」

レオは屋敷に向かって、ぼそりと呟《つぶや》くのだった。

第二章　必要な人、頼りになる人

ロゼッタは最近ため息が増えていた。パメラも加わって屋敷内は二人から三人となり、賑《にぎ》やかで楽しくなるかと思いきや現実は逆。パメラがいろいろと指摘《してき》をしてくるのだ。

「ロゼッタ様、なんですかその恰好《かっこう》は」

パメラに呼び止められ、ロゼッタは自分の姿を窓に映して見る。ロゼッタはバラ園の世話をするため、いつもの着古したワンピースを着ていた。何度も洗濯《せんたく》し、バラの枝やトゲに引っかかって破れた部分を繕《つくろ》い、動きやすいように少し裾《すそ》も上げている。確かに外に出られるような服ではないが、屋敷内にいるのだからとロゼッタは今まで気にしていなかった。

「今からバラの手入れをするからこの恰好なのだけど、ダメかしら？」

「いけません。そんなよれよれの服、すぐ捨ててください。あなたは腐《くさ》ってもレンティーニ家の人間なんです。それなりの恰好はしてもらわないと困ります」

パメラは洗濯物の入った籠《かご》を持ったまま、ロゼッタを上から下に睨《にら》み付けてくる。

「でもアントニオ様が亡《な》くなられた以上、この屋敷に余所《よそ》の人が訪ねてくるなんてほぼ無いだろうし……」

ロゼッタは反論しかけたが、パメラの目が怖すぎて口をつぐんだ。

「ほら、着替《きが》えてきてください」

「……はい」

ロゼッタはとぼとぼと部屋に戻り始める。

「姿勢！　そんな猫背《ねこぜ》で歩かない」

パメラの指摘に、ロゼッタはピンと背筋を伸《の》ばす。

「よろしいです。常にその姿勢を保つようにしてくださいね」

パメラはそう言い残し、洗濯室の方へと去って行った。

ロゼッタはパメラの姿が見えなくなった瞬間《しゅんかん》、ふにゃっと背中の力を抜《ぬ》く。

「今さら礼儀《れいぎ》作法だなんて、私にはもう必要ないのに」

ぽつりと呟く。

ロゼッタは子爵《ししゃく》家の出身だが、社交界デビューをしないままアントニオと結婚《けっこん》している。そして、没落《ぼつらく》していたアントニオは社交界に顔を出すことはなくなっていたため、ロゼッタは社交界とは縁遠《えんどお》いままだった。アントニオのもとでのんびり本を読んだり、バラの世話をしたり、そんな生活をしていたのだ。

実家では令嬢《れいじょう》として恥《は》ずかしくないようにと一通りの礼儀作法を身につけたけれど、必要とされる機会にまったく恵《めぐ》まれなかった。そのうえ夫も亡くしてしまった身だ。

未婚女性であれば、良いご縁のために頑張《がんば》るのは分かる。でもロゼッタはもう結婚したのだ。

けれどその相手は亡くなってしまったのだから、社交界に出て妻としての責務を果たす機会はもう巡《めぐ》ってこないだろう。ロゼッタにしてみれば、いまさら礼儀作法をうるさく言われても、今まで以上に不必要なのではと思ってしまう。


ある日の昼食後、ロゼッタはパメラから逃げるようにバラ園にいた。最近はバラの世話だけがロゼッタの安息の時間だ。

すると、レオがやってきた。

「ロゼッタ様、また帽子《ぼうし》忘れてますよ。まったく手が掛《か》かるんですから」

口では文句を言いつつも、レオの表情は柔《やわ》らかい。

レオの笑顔《えがお》を見るとほっとする。

「ありがとう、レオ」

立ち上がり帽子を受け取ろうとすると、レオはすっと帽子を上に掲《かか》げてしまった。

「ロゼッタ様は手が土塗《つちまみ》れですから、俺が帽子被《かぶ》せますよ。じっとしててくださいね」

レオに帽子を被せてもらい、リボンを結んでもらう。

「いつもありがとう」

礼を言うと、ロゼッタはしゃがみ込み、雑草抜きを再開した。

「いえ。それより、こんなのんびりバラの世話してていいんですか？　懸賞金《けんしょう》をかけられているんですよ。もちろん、狙《ねら》ってくる奴《やつ》らからは俺が盾《たて》になってでも守りますけど。でも、何もしないと永遠に狙われ続けてしまいます」

「そうね。幸いにもあれから屋敷《やしき》に侵入してくる人はいないけれど、いつ狙ってくるか分からないものね。いったい誰《だれ》が懸賞金をかけたのか……考えてはいるんだけど全く分からなくて」

ロゼッタは雑草を抜きながら、考えていたことを話し始める。

「遺言状《ゆいごん》は公開されているから、内容は誰でも知ることができるでしょ。そして、私が何かの鍵を握《にぎ》っているらしいと犯人は考える。でも実際のところ、私って世間の人から見たらものすごい悪人なわけじゃない？　そんな悪人は殺してしまって、レンティーニ家の財宝を手に入れてやるって考える人はたくさんいそうだもの。とても絞《しぼ》りきれないわ」

言ってて悲しくなってくる。けれどこれがロゼッタの現実だ。悲しい事実を振り払《はら》うように、ロゼッタは目の前の雑草を抜くことに集中した。

前方に大きな雑草を発見。これは腰《こし》を入れて抜かないといけないな。そんな風に考えていると、レオが隣《となり》に座りロゼッタを覗《のぞ》き込んできた。

「犯人が分からないなら、例えばですけど、次に誰かが襲《おそ》ってきたら鍵を渡《わた》してしまうんです。それで、殺したことにしてくれって頼《たの》むとかどうです？」

その窺《うかが》うような表情はずるい。年下らしさを遺憾《いかん》なく発揮している。普段面倒《ふだんめんどう》をかけている自覚があるだけに、急に庇護欲《ひごよく》を誘《さそ》うような表情をされると弱いのだ。

「レオは、優《やさ》しいのね」

心配して、ロゼッタがどうやったら生き残れるかを考えてくれるなんて。

「いえ、優しくなんか……」

照れたのか、レオの瞳《ひとみ》の色が揺《ゆ》れた。

「でも、渡そうにも物体の鍵なのかも分からないのよ？　渡すものがあやふやすぎて、どう渡したら良いのかしら。ただ、レンティーニ家の希望を失わせるようなことはしたくないから、やっぱり鍵は渡せないわ。ごめんなさいね」

せっかく提案をしてくれたのに申し訳ない、でもありがとう。そんな気持ちを込《こ》めて、レオの頭をそっと撫《な》でた。すると、レオが目を見開いて驚《おどろ》いている。何なら驚きすぎたのか頬《ほお》が赤くて、そんなレオは可愛《かわい》いなと思う。

すると、どこからともなくパメラが現れた。

「距離《きょり》が近い！」

パメラが二人の間に割って入ってくる。

「えっ？　レオは私を心配してくれただけよ」

急に現れたパメラにも驚きだが、言われた内容にはもっと驚いた。ロゼッタの中では、レオとの距離はこれが普通だ。今まで使用人はレオしかいなかったわけで、こうして一緒《いっしょ》にいることに何の抵抗《ていこう》もないのに。

「ロゼッタ様、不思議そうな顔をしない。若い男と二人きりなど外聞が悪いですよ」

「外聞って……」

いまさらロゼッタのことを誰が気にするというのだろうか。没落した貴族の女性など、誰も見向きもしないだろう。

でも、レオは見るからにシュンとしてしまった。

「パメラさん。すみませんでした。俺、ロゼッタ様が優しいから、調子に乗ってたかもしれません。そうですよね、一介《いっかい》の使用人のくせに出しゃばり過ぎました」

レオは一歩ロゼッタから離《はな》れると頭を下げた。その寂《さび》しそうな声に、ロゼッタは胸がもやもやしてくる。

「分かればよろしい。ほら、ロゼッタ様もそろそろお屋敷に入ってください。帽子を被《かぶ》っていようと、真っ昼間から外に長時間いるのは感心しません。日焼けは肌荒《はだあ》れの原因になりますよ」

パメラにきつい口調で言われ、ロゼッタの胸のもやもやはさらに広がった。

肌荒れをしていると何故《なぜ》いけないのだろうか。誰かに迷惑《めいわく》をかけているのなら気を付けなければとも思うけれど。

「お返事は？」

ロゼッタが黙《だま》りこくっているので、パメラが圧力をかけてくる。

「……は、はい」

圧力に屈《くっ》して、はいと答える。何に対しての返事なのか自分でもよく分からなかったが、パメラに歯向かう勇気は出なかった。

「では、屋敷に戻《もど》ってお茶にしましょう。ロゼッタ様にご相談もありますので」

パメラが妖艶《ようえん》な笑みを浮《う》かべる。美しいはずなのに、ロゼッタは何故か怖《こわ》かった。


ロゼッタの部屋に華《はな》やかなローズティーの香《かお》りが満ちる。パメラと二人きりの空間に緊張《きんちょう》していたが、ローズティーの香りにほっと息をつく。

しかし、お茶を一口飲んだ途端《とたん》、とんでもないことを言われた。

「回りくどいのは嫌《きら》いなので、はっきりと言います。レオを追い出してください」

驚いて思わず気管に入ってしまい、ごほごほと咳《せ》き込む。

「けほっ、え、ちょ、ちょっと待って。どうしてレオを追い出すの？」

息を整えながらパメラに問い返す。するとパメラが半眼でロゼッタを見てきた。その呆《あき》れたような眼差《まなざ》しに、パメラが冗談《じょうだん》ではなく本気でレオを追い出そうとしているのだと気付く。

「身元がはっきりしません。かなり怪《あや》しい。そんな人物を屋敷内に置いておくのは危険です」

「レオは危なくないわ。とても良《い》い子よ」

「それは見せかけでは？　いくらでも取り繕《つくろ》おうと思えば取り繕えます」

パメラの言い様に、ロゼッタはカッと体温が上がった。レオは一生懸命《いっしょうけんめい》に仕えてくれているのに、それを分かってもらえないのが悔《くや》しかった。

「レオは養護院出身だそうよ。だから、身元がはっきりしないのは仕方が無いわ。そんな動かしようもないことじゃなくて人間性を見てあげて。彼は育った養護院のために、ここで働いて仕送りをしているのよ。そんな健気《けなげ》な子を侮辱《ぶじょく》するなんて、いくらパメラでも許せないわ」

「許せないなら、どうするんですか？」

パメラに鼻で笑われた。ロゼッタはとっさに言葉が見つからない。

許せないけど、何の力も無いロゼッタではどうにもできそうになかった。言い返せない自分が情けない。パメラの背後にはダニエラがいる。つまりパメラの機嫌《きげん》を損ねると、連動してダニエラの機嫌も損ねるということ。これ以上、ダニエラと険悪になりたくはなかった。

「でもレオは命の恩人だし、使用人としても優秀《ゆうしゅう》よ。今まで一人でがんばってくれてたし。こんな私を主《あるじ》として、仕えてくれている」

レオは唯一《ゆいいつ》、ロゼッタの使用人になりたいと言ってくれた。そんな掛け替《が》えのない人物を手放すなんて無理だ。年下なのに何でもできて、でも、年下らしく可愛いところもあって、レオと過ごす時間はほっとできる。パメラが来てからは特にそうだ。

「優秀な使用人が欲しいなら、連れてきますから」

「そうじゃないの。レオが必要なの」

「護衛としてですか？　なら私が代わりにしますから大丈夫《だいじょうぶ》です。こう見えて、昔はいろいろやってたんで強いですよ」

パメラはさらっと自分の過去を挟《はさ》んできた。パメラこそ何者なのだろう。

「護衛としてでもなくて、なんていうか、そう、私の癒《いや》しの存在として必要なの」

一人ぼっちだったロゼッタは生きている意味が分からなかった。もういつ死んでも良いとさえ思っていた。でもレオがいてくれることで、ロゼッタは死にたいと思わなくなった。それが癒しの存在でなくて、なんだというのだろうか。レオが必要としてくれるから、ロゼッタはこの屋敷《やしき》の主としてレオを守りたかった。

「癒し……ですか？」

パメラの眉間《みけん》にしわが寄った。不機嫌《ふきげん》丸出しな表情に、ロゼッタは冷や汗《あせ》があふれでてくる。

「そ、そうよ。レオは必要だわ。これだけは絶対に、パメラが何と言おうとも譲《ゆず》れないわ」

怖くて声が震《ふる》えてしまった。でも言えた。ロゼッタは恐《おそ》る恐るパメラの反応を見る。

「私が、どれだけお願いしてもですか？」

パメラの眉間のしわがさらに深くなっていた。そのしわの刻みっぷりに、ロゼッタは目を見開いてしまうが、ここで引いたらレオは路頭に迷ってしまう。

「どれだけお願いされても、レオは必要です。追い出しません！」

ロゼッタは言い切った。もう怖くてパメラを直視できないけれど。

　すると、長い沈黙《ちんもく》の後、パメラがため息をついた。

「分かりました。そこまで言うなら折れます。ただ……少し驚きました。怯《おび》えているだけで何も主張しないお嬢《じょう》さんだと思っていたので」

　パメラには、ロゼッタはひたすら何もせずに閉じこもっている人間だと思われていたようだ。あながち間違《まちが》いではないけれど。でも、レオに関してはどうしても譲れなかったのだ。

「ただし、ちょっとでも怪しい行動をしていたら、すぐに追い出しますからね」

「ええ、もちろん。ありがとうパメラ」

　ロゼッタはほっと胸を撫で下ろす。

　条件付きだが、レオが怪しい行動をするはずがないので問題なしだ。レオが屋敷にいられるということに安心するロゼッタだった。


　パメラの説得に成功した翌日、ロゼッタにとって懐《なつ》かしい人が訪ねてきた。

「久しぶりだね、ロゼッタ」

　穏《おだ》やかに挨拶《あいさつ》してきたのはイヴァン・ベルティだ。ロゼッタの父は地方の役人をしていたが、その父の部下だった青年だ。知的な雰囲気《ふんいき》で黒髪《くろかみ》に黒い瞳《ひとみ》、黒縁《くろぶち》の眼鏡《めがね》をかけて、すらりと背は高い。確かロゼッタとは九歳離れていたので、今は二十八歳になっているはずだ。

アントニオが亡《な》くなり、誰《だれ》も訪ねてこないと思ったが、唯一の例外がイヴァンだ。逆に言うと、彼以外は本当に誰一人として訪ねてくるとは思えない。イヴァンはロゼッタのことを気にかけてくれて、折に触《ふ》れて会いに来てくれたり、手紙を送ってくれたりする人物だった。

「イヴァン様はお元気にされていました？　王城勤めであまりお会いできませんでしたから」

「僕は元気にやってたさ。でも……ロゼッタは大丈夫かい？　アントニオ様が亡くなられたと聞いて心配してたんだ」

イヴァンが、優しい表情でこちらを見ている。

「ええ、大丈夫です。わざわざありがとうございます」

「思ったより元気そうで安心したよ。てっきりフェリオ子爵《ししゃく》達が火事で亡くなられた時みたいに、憔悴《しょうすい》してるんじゃやって気になって」

「あの時は、王城へ赴任《ふにん》するぎりぎりまで付き添《そ》っていただきましたからね」

食事を取ることができず、まともに会話することもできず。ただ泣くか、黙って虚空《こくう》を見つめるかだけ。心が壊《こわ》れてしまったような時に、イヴァンは黙って側《そば》にいてくれた。

「あの時もありがとうございます。その、なんといいますか……あれ？」

気が付いたらロゼッタは涙《なみだ》を流していた。

アントニオは家族を失ったロゼッタの新しい家族になってくれた。その優《やさ》しいアントニオも亡くなり、心にぽっかりと穴が開いてしまったのだ。だから、葬儀《そうぎ》では泣けなかった。泣かないロゼッタを見て、ダニエラに恩知らずな人間だとか情のない悪女だとか文句を言われたけれど。二回も家族を失ったなどという、現実を受け止めたくなかったのだ。

「ロゼッタ。ずっと気を張っていたんだね。いいんだよ、僕の前ではがんばらなくて」

イヴァンの言葉に、さらに涙があふれてしまう。

どうして今になって？　そんな風に焦《あせ》る気持ちと同時に、やっと泣けたという安堵《あんど》の気持ちに襲《おそ》われる。きっと泣きたかったのだと思う。けれど悪あがきをしていたのだ。ここは夢の中で、起きたらアントニオが笑っていて、一緒《いっしょ》にバラ園を眺《なが》める日々が続いているのだと。

でも、イヴァンがわざわざ来てロゼッタを心配してくれた。心配されるような状況《じょうきょう》こそが現実なのだと、突《つ》きつけられたのだ。すべての雑音から守り慈《いつく》しんでくれたアントニオは、ロゼッタを残して死んでしまった。それが現実だ。

「アントニオ様が……亡くなってしまった。私、寂《さび》しくてたまらないの。私に大事なバラ園の世話を任せてくださったり、にこやかに私の淹《い》れたお茶を飲んでくださったり、楽しいお話を聞かせてくださったり。私、アントニオ様と過ごす時間が、大好きだったのに」

孤独《こどく》に押しつぶされそうになりながらも、なんとか生きてこられたのはアントニオが手を差し伸《の》べてくれたからだ。そのアントニオも亡くなり、悲しくてたまらない。

「ロゼッタ、今は泣けるだけ泣くと良い。僕が側にいる、一人じゃない」

イヴァンが横に座り、そっとロゼッタの頭を撫《な》でてくれた。その優しい手つきに子どもの頃《ころ》を思い出す。

父との仕事の合間によく遊んでくれた。弟と喧嘩《けんか》したときは話を聞いてくれて、仲直りの手伝いをしてくれた。ロゼッタにとっては兄のような存在だ。最後の拠《よ》り所といってもいい。黙《だま》って寄り添うようにいてくれる。その優しさが心にしみた。

イヴァンは言葉の通り、ロゼッタが落ち着くまで横にいてくれた。

「イヴァン様、お見苦しいところをお見せしました」

「大丈夫だよ。昔は鼻水までたらして大泣きしてたんだから、それに比べたら全然綺麗《きれい》さ」

からかうように言ってきた。

「そ、それは子どもだったから。忘れてください！」

恥《は》ずかしさに頬《ほお》が熱くなってしまう。

「元気が出たね。泣いて良いとは思うけど、やっぱりロゼッタには笑っていて欲しいから」

イヴァンはわざとからかったのだ。その優しさに自然と微笑《ほほえ》みが浮《う》かぶ。

泣くだけ泣いてスッキリした気分になったロゼッタは、イヴァンの来訪の理由が何なのか気になりだした。

「イヴァン様はお仕事でこちらに？」

イヴァンは普段《ふだん》、国の中心たる王城で働いている。もともとは地方でロゼッタの父と一緒に税金の管理を行っていた。王の直轄領《ちょっかつ》の徴税《ちょうぜい》管理が主で、繁忙期《はんぼう》は担当地域以外の各領主の徴税に関しても手伝っていたらしい。

そして三年前、イヴァンは優秀さが認められ王城へ招集された。今では王城内でどんどん出世していると聞く。

「休暇《きゅうか》をもらったんだ。ロゼッタの顔を見に行こうと思ってね」

「まぁ、私のためにこちらへ？　なんだか申し訳ないです」

休みを取るほど心配をしてくれていたのかと、ロゼッタは驚《おどろ》く。

「元々ずっと休んでなかったからね、気にしないで。アントニオ様が亡くなったからというと語弊《ごへい》があるけれど、良いタイミングだと思ったんだ。三年前の火事で、君が一番辛《つら》いときに放《ほう》り出すような形になってしまったから、今度こそはってね」

イヴァンは申し訳なさそうに笑《え》みを浮かべた。

「三年前のことは仕方ありません。イヴァン様は王城からのお召《め》しがあって、行かないわけにはいかなかったのですから」

「でも、君が頼《たよ》れる大人は僕しかいなかったのに」

真面目《まじめ》なイヴァンは、ずっと気に病《や》んでいたのだろう。その気持ちだけで嬉《うれ》しかった。

「結果的にアントニオ様に助けてもらえたのですから、それ以上ご自分を責めないでください」

「そう……だね。でもアントニオ様が君を守るために、まさか後妻にするとは思わなかったよ」

イヴァンは大袈裟《おおげさ》に肩《かた》をすくめた。

「えぇ。でも後妻に迎《むか》えて、家族にしていただけたこと、とても感謝しています」

「そっか。僕にもう少し力があれば、僕が……いや、何でもないよ」

イヴァンは苦笑いしながらお茶を一口飲み、黙ってしまう。

言葉をにごしたのを不思議に思いつつ、ロゼッタは話題を変えることにした。

「休暇中はご実家に？」

イヴァンの実家はレンティーニ領から馬車で半日ほどの場所だ。遠い王城にいることを思えば、すぐに会える距離《きょり》になる。

「今回は急だったから、家族に帰ることは伝えてないんだ」

そう言って、イヴァンは苦笑《くしょう》した。

「では、お帰りにならないのですか？」

「あぁ。僕なんかが急に帰っても邪魔《じゃま》になるだけだよ。友人のところで気楽に過ごすつもりだ」

イヴァンの両親は優しく穏《おだ》やかで、兄も明るく朗《ほが》らかな人だったはずだ。

「邪魔になどなりませんわ。きっと、ご家族はお帰りになるのを心待ちにしていると思います」

「そうかな。でもまぁ今回はやめておくよ。次回、ちゃんと土産《みやげ》を持って帰るさ」

土産などなくても大丈夫《だいじょうぶ》だと思うが、そこは彼なりの決めごとがあるのかもしれない。

「イヴァン様がよろしいなら、これ以上は申しませんが……。では滞在《たいざい》中にお暇《ひま》だったら、またいらしてください。とっておきのローズティーをご馳走《ちそう》いたします」

ロゼッタは冷めてしまったローズティーを温かいものに取り替《か》える。

「ありがとう。じゃあご馳走になりに来ようかな。あとダニエラ様はどう？　アントニオ様がいらっしゃらなくなった今、ロゼッタがどんな扱《あつか》いを受けているのか心配だ」

イヴァンの何気ない質問に、ロゼッタは動きを止める。そうなのだ。問題はいろいろある。ダニエラとさらに険悪になってしまったこともあるが、その発端《ほったん》ともなった懸賞《けんしよう》金が問題だ。

ロゼッタは、ダニエラが訪ねてきたときのことを話した。懸賞金をかけられていること、公開された遺言《ゆいごん》状によるとレンティーニ家にとって希望となるアントニオの遺産があるかもしれないこと、ロゼッタがその鍵《かぎ》を持っていると誤解されていること。

「そんなことになってるんだ」

イヴァンは驚きすぎたのか、目を伏《ふ》せて何やら考え込んでいる。

「命を狙《ねら》われていると言われてもあまり実感はないのですが、やはりふとした時に怖《こわ》くなるんです。今日寝《ね》たらもう目が覚めないかもしれない、とか」

今まで誰《だれ》にも告げなかった不安が、口から滑《すべ》り出ていく。

「そりゃ怖いのは当然さ。それで実際に誰かに襲われたのかい？」

イヴァンが心配そうに身を乗り出した。

「それは……実は一回だけ、バラ園にいたときに襲われました。その時は使用人が追い払《はら》ってくれたので良かったのですが」

「一回だけ？　そうか、もしかしたらまだ懸賞金の話は巷《ちまた》に広がっていないのかもしれないね。今のうちに何か手を打たないと」

イヴァンは腕《うで》組《ぐ》みをして考え込んでいる。

「ええ、私もそうは思うのですが。でも、懸賞金をかけた犯人についても絞《しぼ》りきれませんし、鍵もよく分からずの状況で……お手上げなんです」

「じゃあ、僕の方でも犯人を調べてみるよ。ロゼッタは鍵の方を重点的に捜《さが》してみて。さっき教えてもらった遺言状の内容だと、ロゼッタが何かの『鍵』を握《にぎ》っているのは確かだろうから」

イヴァンの力強い声に、ロゼッタの落ち込んだ気持ちも少し浮上《ふじょう》する。

「そう、ですね。では懸賞金の犯人についてはお任せいたします。私も鍵について、再度考えてみることにします」

イヴァンが調べてくれるなら心強いし、どちらかに集中できるのは有り難《がた》い。

「ああ、任せてくれ」

イヴァンは嬉しそうに頷《うなず》いている。その様子に、イヴァンはなんて良い人なのだろうと感動してしまう。

「頼ってばかりで申し訳ありません」

「謝罪なんていらないよ。君は大事な妹のようなものだからね、心配するのは当然さ」

イヴァンは苦笑いしている。その余裕《よゆう》あふれる様子に、やっぱり年上の人なのだなと思った。自分の未熟さを実感してしまう。

「そうだ、鍵のことが少しでも何か分かったら連絡《れんらく》して。懸賞金の犯人に繋《つな》がる手がかりになるかもしれないから」

「はい、分かりましたわ」

ロゼッタは真剣《しんけん》な表情で頷くのだった。

イヴァンを見送った後、ロゼッタがバラ園に行くとレオがいた。

「レオ、バラの世話をしてくれてるの？」

レオは咲《さ》き終わったバラを一輪ずつ摘《つ》んでいた。バラを咲いたまま放置しておくと種を作り始めてしまい、同じ株のこれから咲く蕾《つぼみ》の方に栄養が行かなくなり、綺麗な花が咲かなくなってしまう。以前それをレオに教えたから、ロゼッタがいなくてもやってくれていたらしい。

「はい。だって、ロゼッタ様は来客中だったからできないと思って」

バラに向かっていたレオが笑みを浮かべた。つられるようにロゼッタも自然と顔がほころぶ。

「ありがとう。助かるわ」

「……ロゼッタ様、何かあったんですか？」

レオの笑顔が消えた。じっと、真剣な瞳《ひとみ》でロゼッタを見てくる。

「え、何もないけれど」

レオの問いの意味が分からなくて、ロゼッタは戸惑《とまど》う。するとレオの手がそっとロゼッタの頬《ほお》にふれた。

「じゃあ、どうして目が赤いんですか。これ、泣いたんですよね。さっきの人に何か言われたんですか」

レオの手の温《ぬく》もりがじわっと伝わってくる。こんな風にレオに触《ふ》れられるのは初めてで、驚きのあまり胸がどきどきしてきた。

「そ、そういうのじゃないのよ」

イヴァンに何かを言われたといえば言われたかもしれないが、それはレオが想像しているような悪いことではない。ロゼッタを気遣《きづか》うイヴァンの言葉に、涙《なみだ》が出てしまっただけだ。

「じゃあ何で泣いたんですか」

レオの瞳が揺《ゆ》れている。どうしてそんな顔をするのだろう。まるで呆《あき》れているような、困っているような、悲しんでいるような、そんな複雑な表情だ。

もしや目が赤くなるくらい大泣きするなんて、子どもみたいだと思われてしまっただろうか。

「ええと、昔話をしていて、つい気が緩《ゆる》んでしまったのよ。イヴァン様は私にとって兄のような人だから」

「昔話って、それはご家族のことですか？」

妙《みょう》に食い下がるレオに、ロゼッタはさらに困惑《こんわく》する。

「ええ、その話もしたわ」

「以前、俺に話してくれたときは、平気そうな顔をしてました」

レオは手を放し、ふいっと横を向いてしまった。その子どものような仕草に、もしかして拗《す》ねているのかと思い至る。

「その、ええと、イヴァン様はあの当時、私の側《そば》にいてくれたから余計に思い出してしまったというか。だからレオが気にすることじゃないわ」

なんで自分はこんな言い訳めいたことを言っているのだろうかと疑問だ。しかし、レオの誤解を解かなければと焦《あせ》るような気持ちになってしまう。

「でも、今は俺の方がロゼッタ様の側にいると思います。だから、今度からは俺の前で……いや、その、何でもないです」

ロゼッタは驚《おどろ》いていた。まさかレオがそんな風に思っていただなんて。不貞腐《ふてくさ》れたようにもごもごとしゃべるレオに、不覚にもきゅんとした。可愛《かわい》らしい子猫《こねこ》が拗ねて引っ掻《か》いてきても怒《おこ》れないどころか、逆に癒《いや》されるのと同じだ。

でも、レオが落ち込む必要なんてないのに。レオといるとほっとするし、今一番側にいるのは間違《まちが》いなくレオだと思うから。

だけど、それを素直《すなお》に口にするのは照れくさくてできなかった。だから、ロゼッタはそっとレオの頭を撫《な》でる。レオの銀色の髪《かみ》はとてもさらさらしていて、いつまでも触《さわ》っていたかった。

「ロゼッタ様、俺を子ども扱いしてますよね」

「レオだって内心、私のことを子どもだと思って接しているときがあるでしょ？　だからその仕返しよ」

ロゼッタは笑いながら答えた。

こんな風に、素直に心を向けてくれるレオが可愛いしなごむ。やっぱりレオは癒しだ。

だからこそ、レオにもらってばかりではなく、逆にレオが仕えるに値《あたい》する主《あるじ》にならないといけない。自分が至らないせいで、あんな主人に仕えて大変だなとレオが笑われたら嫌《いや》だ。

ロゼッタは、初めて人の上に立つ責任というものを考え始めた。だから、改めてレオにも言葉にしたいと思った。

「私ね、もう一度ちゃんと鍵を捜そうと思う」

いつまでも命を狙われている場合じゃないのだ。ロゼッタは、レオのためにも生き抜《ぬ》かなければならないのだから。

第三章　箱庭の外

　ロゼッタはさっそく鍵《かぎ》を見つけようと行動を始めた。鍵がどんなものかあやふやな状況《じょうきょう》だが、とりあえず言葉通りに、何かを開ける実物の鍵だと仮定することにした。触れる鍵でなければ、懸賞《けんしょう》金をかけた犯人も奪《うば》えとは書かないだろう。

　アントニオは二年前から療養《りょうよう》のためこの別邸《べってい》に移って過ごしていたので、本邸のダニエラが鍵を知らないとなれば別邸にある可能性は高いはずだ。そう考えたロゼッタは、今はアントニオの書斎《しょさい》を捜していた。

　アントニオの書斎は、パメラが来た当初に捜したけれど、もしかしたら見落としがあるかもしれない。ロゼッタは本棚《ほんだな》から本を全部抜き、隠《かく》し扉《とびら》などないか確認《かくにん》する。そして一冊一冊をぱらぱらとめくり、手がかりがないか調べた。しかし特に発見もなかったので、次は机の引き出しの中身、引き出し自体も取り出して奥まで覗《のぞ》き込む。よく見えなくて、膝立《ひざだ》ちになり床《ゆか》に手をついた。

「ロゼッタ様、そんな姿勢で……もしかして鍵の捜索《そうさく》ですか」

　何も見つからない上に、通りがかったレオに呆れられた。

「えぇ、やはりここが一番怪《あや》しいと思って」

ロゼッタは立ち上がると、少し折れていた裾《すそ》を直す。

「ですがこんなに散らかして、ちゃんと自分で戻《もど》せるんですか？」

レオにじいっと見つめられ、言葉に詰《つ》まった。

「そ、それは……」

改めて部屋の中を見ると、足の踏《ふ》み場もないほどに荒《あ》れていた。戻せる自信が無くて、すがるようにレオを見てしまう。

「まったく仕方ないですね。俺も手伝いますから、今度から捜《さが》すときは声をかけてくださいよ」

「ありがとう。助かるわ」

ロゼッタは両手を合わせて喜ぶ。

「それにしても、手がかりは遺言状《ゆいごん》だけですか？」

レオはざっと書斎の中を見渡《みわた》し、もっともなことを尋《たず》ねてきた。

「残念ながらそうね。しかも遺言状には『レンティーニ家の希望の鍵は、薔薇《ばら》の女神《めがみ》に隠している』って書いてあっただけよ」

「薔薇の女神……やはりロゼッタ様のことでしょうか？」

レオはあごに手を当てて考えている。

「アントニオ様にそんな風に呼ばれたことなんてないけれどね」

「呼ばれたことはなくても、アントニオ様がロゼッタ様のことをそう思っていたら書くんじゃないでしょうか。毎日バラの世話をしていたロゼッタ様を、暗に示しているとも考えられます」

レオは優《やさ》しい。世間の人にしてみたら、ロゼッタに対してアントニオが惚気《のろけ》ているだけと失笑《しっしょう》する言葉だろうに。

「仮にそうだとして、『薔薇の女神に隠している』ってことは、私がどこかに持ってるってことになるけれど。でも全然思い当たる場所はないのよね」

「とりあえず、バラが手がかりなら、バラ園のあたりを捜してみますか？」

レオの提案に、ロゼッタは飛びつく。

「そうね。屋敷《やしき》の中は前に一通りパメラと一緒《いっしょ》に捜したけれど、見つからなかったわけだし。これ以上、散らかすのも良くないわ」

「ちょっと待ってください。もしかして、他《ほか》の部屋もこんな状態なんですか？」

レオが少し焦ったような表情で詰め寄ってきた。

「違うわ……その、ざっと私の部屋と、あとダニエラ様のお母様の部屋も捜したけど、そっちはちゃんと元に戻したつもりよ」

レオの視線が強すぎて、ロゼッタは明後日《あさって》の方を向く。

アントニオが女神と称《しょう》しそうなのは、自分を除けば前妻だろうと思ったのだ。この書斎のように散らかしたわけじゃないけれど、勝手に前妻の部屋を捜したのがパメラに見つかると怒るかもしれない。

「ダニエラ様の……まずくないですか。知らないですからね。きっとパメラさん気付きますよ」

まずい。鍵を捜すことで頭がいっぱいになって、パメラのことを何も考えていなかった。パメラはびっくりするくらい、とても細かいところまで気が付くから。それは使用人として優秀《ゆうしゅう》とも言えるが、今のロゼッタにしてみればかなり困る。パメラにとってダニエラは絶対の主だ。その主の大事な母親が使っていた部屋のものをロゼッタが触るのは、良い気分はしないだろう。

その時だった。遠くの方からパメラが「ロゼッタ様、どこにいるんですか！」と叫《さけ》んでいる声が聞こえた。

「ロゼッタ様、とりあえずバラ園に隠れましょう」

レオが走り出し、ロゼッタを手招きしてくる。つられるようにロゼッタも後を追いかけた。

別邸のバラ園は広く、屋敷と同じくらいの大きさがある。咲《さ》く時期をずらした何種類ものバラが植えられているので、いつもどこかでバラが咲いていた。

広くて種類が多いから手間はかかる。けれど、アントニオに託《たく》されたこのバラ園の世話は、ロゼッタの生きがいにもなっていた。何もすることがないと、自分が生きているのか分からなくなる。だから託されてすごく嬉《うれ》しかった。全力でやり遂《と》げようと思ったし、それ以上にバラは手がかかる分可愛かった。丁寧《ていねい》に世話をすればするだけ、綺麗《きれい》な花を咲かせてくれる。まるで、お礼をしてくれているみたいで嬉しくなった。

レオとバラ園の中に逃《に》げ込む。蔓《つる》バラのローズディベールが絡《から》まっているアーチをくぐると、今が盛《さか》りの淡《あわ》いピンクのミニパールがお出迎《でむか》えだ。さらに小道を進むと、両側にまだ蕾《つぼみ》のカーディナル、奥には黄色の花が咲くアンバークイーンが植わっている。その様々なバラ達を眺《なが》めるために、バラ園の真ん中には東屋《あずまや》が建てられていた。

「ふふっ、かくれんぼしてるみたいね」

ロゼッタはなんだか楽しくなっていた。パメラに見つかったら怒られるというのに。きっとレオが一緒にいてくれるという安心感がそうさせているのだろう。

「ロゼッタ様は、臆病《おくびょう》なのか大胆《だいたん》なのか、よく分からない人ですね」

レオは呆《あき》れたようにこちらを見ている。

「そうかしら？　大胆だなんて言われたこと、一度もないけれど」

「大胆というか、そうですね、意外と肝《きも》が据《す》わってる？」

レオは少し考えた後、首を傾《かし》げながら言った。

「それは違うわ……私は、ただ諦《あきら》めているからそう見えるだけよ」

ロゼッタは自分の意思がなく流されてきただけなのだ。だから見ようによっては何でも受け入れているように見えて、肝が据わっているように感じるのかもしれない。

「そう、なんですかね。ロゼッタ様はなんか変な人です」

レオから変な人認定を受けてしまった。ロゼッタからすると、レオこそ物好きな変わり者に思えるけれど。

財産も権力もなく、あるのは悪名だけの自分に仕えたところで、良いことなんてないはずだ。それでもレオは己《おのれ》の信念に従って、こうしてロゼッタの側《そば》にいてくれる。アントニオに受けた恩はもう返せないのだから、諦めたっていいはずなのに。代わりにロゼッタに返そうとするなんて、相当な律儀者《りちぎもの》だと思う。

その後、パメラに見つからぬよう気を付けて、鍵がないか二人で捜した。道具小屋、東屋を捜すが見つからない。バラの根元に埋《う》まっている可能性も考えて、バラ一本一本を丁寧に見ていく。けれど、不自然なところは何も見つからず、葉に病気の症状《しょうじょう》が出ているのを発見しただけだった。黒点病といって、葉に黒色の小さな染《し》みが生じてだんだんと広がり、進行すると葉が落ちてしまい枝だけになってしまう病気だ。でも初期の段階で発見できたのは大きい。これ以上悪化しないよう、他のバラに広がらないように処置ができる。

「鍵は見つからなかったけど、バラの病気が見つかったのは良かったわ。手伝ってくれてありがとう、レオ」

「いえ、お役に立てたのならいいんですが……。屋敷内にもバラ園にも鍵がないとなると、他に捜しようがないのでは？」

レオが心配そうに聞いてくる。

確かにレオの言うことは正しい。捜し始めてすぐに手詰《てづ》まりだ。

「どうしましょう。あとは街中かしらね。アントニオ様が体調を崩《くず》される前は、たまに街に連れて行ってくださったの。だから、一緒に行った場所に何か手がかりがあるかも」

でも、懸賞金《けんしょう》がかけられている身で、屋敷から出るのは危ないかもしれない。今のところ、襲《おそ》われたのはレオに助けてもらったあの一回だけだけれど。屋敷のまわりを怪《あや》しい者がうろついているというのは聞いている。

不安が表情に出ていたのだろうか。レオがすっと膝《ひざ》をついて、ロゼッタを見上げて言った。

「街に出られるのであれば、俺が護衛します。ロゼッタ様を必ずお守りしますから」

レオが凜々《りり》しい顔つきで言う。普段《ふだん》は柔《やわ》らかい笑《え》みを浮《う》かべていることが多いだけに、そんな表情もするのねとロゼッタは内心驚《おどろ》いた。

「え、ええ。頼《たの》もしいわ、レオ。じゃあ明日《あした》は街に行きましょう」

ロゼッタは動揺《どうよう》を隠《かく》すように視線を逸《そ》らす。すると鬼《おに》の形相で歩いてくるパメラが見えた。まだ距離《きょり》はある。とっさにレオへ向かって手を差し出した。

「レオ、隠れましょう。パメラが来るわ」

「かくれんぼの続きですね。じゃあこっちに」

レオはロゼッタの手を取ると、ぐっと引っ張ってきた。立っていたロゼッタは、しゃがむレオの胸元《むなもと》に飛び込むような形で倒《たお》れこむ。

「ロゼッタ様、かがめばバラで姿を隠せます。パメラさんは護衛としても優秀な方ですから、気配で追ってくるでしょうけど。時間稼《かせ》ぎにはなります」

顔を上げると、レオの綺麗な顔が目の前にあった。さすがに照れくさくて顔を下げると、レオの胸元に顔を埋《うず》めることになってしまう。レオの体温を感じて妙《みょう》にどきどきした。細身に見えるレオだけど、抱《かか》え込んでいる腕《うで》は意外にたくましく男らしくて。そんなレオに抱《だ》きしめられていることが、気恥《きは》ずかしくてむずむずしてくる。

「ロゼッタ様？　大丈夫《だいじょうぶ》ですか」

「へ、え、なに？」

いくらレオが相手とはいえ、男の人にこんな風に密着するのは初めてだった。変に緊張《きんちょう》し、体が熱くなってくる。

「体中に力が入ってますよ。パメラさんが怖《こわ》いんですか？　それとも別に理由が？」

レオが不思議そうに見てくる。でも、何となく口元が笑っているような気がしないでもない。

「えっと、いや、あの」

「あ、パメラさんがこっちに来そうです。移動しましょう」

レオに手を引かれ、そのまま中腰《ちゅうごし》の姿勢でバラの中を移動する。

全力でかくれんぼを堪能《たんのう》した後、こってりとパメラには叱《しか》られた。ロゼッタもレオも、頭にはバラの葉を山ほどつけて服は泥《どろ》だらけ。でも二人だったからパメラの説教も怖くなかった。気を抜《ぬ》くと笑いそうになって、余計にパメラが怒《おこ》ってしまったのはここだけの話だ。

翌日、ロゼッタはレオと街に出掛けた。ロゼッタはいつもの着古したワンピースではなく、外出用のワンピースに、薄《うす》い上着を羽織り、編み上げのブーツという恰好《かっこう》だ。アクセサリーも胸元にブローチをつけ、貴婦人の嗜《たしな》みとして飾《かざ》り帽子《ぼうし》をのせている。パメラがいつもうるさく言うので、レンティーニ家の人間として恥《は》ずかしくないように気を付けた恰好だった。

その姿でパメラに街に出掛けてくると言ったら、服装に関しては何も言われなかったが、危ないですと目を丸くされた。レオが守ってくれるから大丈夫と押し通し、最終的には鍵《かぎ》を見つけるためだと言えば、流石《さすが》にパメラも反論してこなかった。そして、ため息交じりに許可が出たのだった。

「それって、許可って言うんでしょうか？」

レオが首を傾げている。

レオの恰好はいつものお仕着せだが、ジャケットを着ている。いつもより大人っぽく見えるレオに、ちょっとそわそわしてしまう。

ロゼッタは昨日のレオを思い出した。片膝を地面につき、ロゼッタを守るからと言ってきたレオ。急に大人っぽいことを言ってくるから調子がくるうし、その後抱きしめられたことを思うと、未《いま》だにどきどきしてくる。

街の中心地に向かって歩きながら、ロゼッタはパメラとのやり取りの続きを聞かせた。

「本当にダメならパメラは力ずくで止めるでしょう？　それをしなかったということは、許してくれたってことだと思うわ。それに、パメラも鍵を捜《さが》して欲《ほ》しいわけだし」

ダニエラはレンティーニ家再興のために、どうしても鍵が欲しい。そのために、鍵を持っていると思われる自分にパメラを見張りとしてつけているのだから。

「ロゼッタ様って、意外と考えているんですね」

レオが驚いたように呟《つぶや》いた。

「ええと、それはどういう意味？」

「いえ、いつものんびりしているので、何も考えていないのかと」

何気に失礼なことを言われている気がする。でも、その通りだ。ロゼッタはあまり深く物事を考えないようにしていた。だって今までの人生、考えたところでどうにもならないことが多すぎたから。

ただ、今はそれではいけない。自分のためにも、レンティーニ家のためにもちゃんと考えなくては。ダニエラが必死なのはレンティーニ家を支えたいからだと分かっている。ダニエラは怖い人だけれど、理不尽《りふじん》な人ではない。まぁロゼッタに対しては少々理不尽かもしれないとは思うけれども。

ロゼッタ達は大通りを歩く。久しぶりに出た街は、ロゼッタを少し戸惑《とまど》わせていた。記憶《きおく》の中の街の様子と、現在の様子がどうにも違《ちが》うのだ。ここだとはっきり言えるような違いはないのだけれど、どことなく空気がどんよりと重い気がした。通りの端《はし》にはごみが落ちていたり、井戸端《いどばた》会議をする女性達に笑顔が少なかったり、そもそもメインの大通りなのに歩いている人がまばらだ。

たまたまごみが落ちていただけ、たまたま女性達の話題が暗い内容だっただけ、たまたま人通りが少ないだけなのかもしれないけれど。少し違和感《いわかん》を覚えながら、ロゼッタは最初の目的地へと向かった。

生前のアントニオに連れてきてもらった街のレストランに着いた。昼食前の時間で人も少ないだろうし、ちょうどいいなと思いながら店に入る。

「いらっしゃいま……せ」

出迎《でむか》えた給仕の笑顔が固まり、険しいものへと変わった。それを見たレオがすっとロゼッタの前に出る。

「二人です。案内をお願いします」

「少々お待ちくださいませ」

笑顔のなくなった給仕はそう言い残し、店の奥へと入って行った。

「なんか感じ悪いですね」

レオは店の奥をいぶかしげに睨《にら》んでいる。

アントニオと訪《おとず》れたときは、とても印象の良い給仕だった。けれど、今の様子だととても歓《かん》迎《げい》されているようには見えない。

給仕が戻《もど》ってくると、深々と頭を下げられた。

「大変申し訳ございません。あいにく席が空いておりませんので、また日を改めてお越《こ》し願えますでしょうか」

「見た限り席は空いていますよ」

レオの言うとおり、まだ昼前なので席はガラ空きだ。

「すべて予約で埋《う》まっております」

「昼まではまだ時間があります。予約の前には帰ると言ってもですか」

レオがなおも食い下がろうとする。ロゼッタはどうしたものかと、おろおろするばかりだ。

「申し訳ございません。食材の都合もありますので」

淡々《たんたん》と給仕は答える。

レオと給仕がしばし睨《にら》み合った後、レオがロゼッタの背に手を当てた。

「ロゼッタ様、出ましょう。他《ほか》にも店はあります」

レオの手がロゼッタを店の外へとエスコートしてくれる。ロゼッタは黙《だま》ってそれに従った。

目の前でなにが起こったのか、ロゼッタはよく分からなかった。以前は笑顔《えがお》で迎《むか》え入れてくれて、デザートを追加でサービスしてくれた。それがどうしてこんな門前払《もんぜんばら》いのようなことになってしまったのか……。

「そっか、アントニオ様がいらっしゃらないからなのね」

ぽつりと口からこぼれた結論が、ロゼッタの胸を締《し》め付ける。これほどまでに、自分が街の人々に嫌《きら》われているなんて知らなかった。もちろん、悪女だという噂《うわさ》もあるので好かれていたとは思っていないが、拒否《きょひ》されるほどだとも思っていなかったのだ。

「何なんですか、あの店。お客に対してあの態度、酷《ひど》すぎます」

レオはあからさまに怒っていた。でも、同じように怒る気力は湧《わ》かなかった。

「前はね、あんな態度じゃなかったのよ。でも、もう私はお客にすらなれないみたい」

「ロゼッタ様……次、次のところへ行きましょう。ね？」

落ち込んだロゼッタを励《はげ》ますように、レオが明るい声を出した。

「そうね。次は小物屋へ行きましょう。可愛《かわい》らしい置物なんかがあるのよ」

レオに気を遣《つか》わせたことが申し訳なくて、ロゼッタは笑みを浮《う》かべて次の店へと歩き出す。

しかし、次の店でも、そのまた次の店でも追い出されはしなかったが、どこも早く出て行けといわんばかりの態度だった。そして、聞こえてくる街の人達の陰口《かげぐち》に、ロゼッタの心はざくざくと切り刻まれていく。

『侯爵《こうしゃく》様が亡《な》くなられて間もないのに、街に遊びに出てくるだなんて』

『綺麗《きれい》な恰好して、どれだけレンティーニ家の金を吸い取れば気が済むのやら』

『あの女の金遣いの荒《あら》さのせいで、侯爵様は心労のあまり病気になったってさ』

『本当かい。じゃあ税が増えて俺らの生活が苦しいのは、あの女のせいじゃないか』

『侯爵様じゃなくて、あの女が死ねば良かったんだよ』

耳に入れたくもないような、誤解ばかりの陰口だった。

もう、一歩も前に足が進まなくなってしまった。

立ち止まったロゼッタに気が付いたレオが、眉《まゆ》を下げた悲しそうな顔で振《ふ》り返る。

「ロゼッタ様、少し休憩《きゅうけい》しませんか？　この先に広場があるんです。誰《だれ》だろうと文句を言われずに、自由に出入りできる場所です」

「そうね……そうしましょうか」

レオの申し出に、ロゼッタは弱々しく答えた。

アントニオが元気で街にも出て来られたとき、レンティーニ家は没落《ぼつらく》はしていたが、今ほど困窮《こんきゅう》はしていなかったように思う。それはアントニオの手腕《しゅわん》がなせる業《わざ》だったのだろう。でも、アントニオが病に倒《たお》れて以降、ロゼッタは一度も外出しなかった。街の人達が何を思い、どんな気持ちで生活をしていたのかを知らない。その答えを今、いきなり突《つ》きつけられているのだ。

街の人達は生活が苦しい。だから鬱屈《うっくつ》が溜《た》まる。その溜まった鬱屈をぶつける相手として、名高い悪女のロゼッタは最適だ。現に、今日は久しぶりに上質のワンピースをまとい、アントニオにもらった上着、帽子《ぼうし》を身につけているのだ。贅沢《ぜいたく》な恰好《かっこう》をしていると思われても仕方ない。本音を言えば、いつも着古したよれよれのワンピースなのと叫《さけ》びたかった。でも、この恰好で何を言っても説得力が無いのは分かっている。ロゼッタは唇《くちびる》をぐっと噛《か》みしめて耐《た》えた。

レオに手を引かれて移動すると、目の前に広場が現れ、その一角に鮮《あざ》やかなパラソルを日除《ひよ》けに使う屋台があった。屋台の横には、手書きのメニュー看板が置かれて可愛らしい猫《ねこ》の絵も描《か》いてある。

「いらっしゃい。お、レオじゃないか。見違えたな、そんな恰好して誰かと思ったよ」

屋台の中にいた髭《ひげ》を蓄《たくわ》えた恰幅《かっぷく》の良いおじさんが、ロゼッタをちらっと見てきた。嫌《いや》な顔をされなかったところを見ると、ロゼッタの顔は知らないようだ。さすがにアントニオが出入りしなかった場所の人々には、覚えられていないらしい。少しほっとした。

「こんにちは、おじさん。元気だった？」

「あぁ、元気だぜ。それより、なんだい、綺麗なお嬢《じょう》さん連れてきて。コレかい？」

屋台のおじさんが小指を立てた。何かの暗号だろうか？

「内緒《ないしょ》だよ。それより、腹ぺこなんだ。オススメは？」

レオはメニュー表を見た後、おじさんに聞いた。

「そうだなぁ、この前と変わりないかな」

「そっか。なら、このトマトとチーズのやつ、二つね」

「おう、すぐに作ってやるから、横のベンチで待ってな」

ぽんぽんと砕《くだ》けた口調でやり取りが進む。レオは屋敷《やしき》に来る前はこんな様子で過ごしていたのね、とロゼッタは不思議な気持ちで見ていた。

ロゼッタの知っているレオは、きっちりしていてどこかかしこまっているから、とても新鮮《しんせん》に感じた。でもレオにとってはこっちが普通《ふつう》で、屋敷でのレオはよそ行きなのかもしれない。

「さぁ、どうぞ座ってください」

レオがベンチにハンカチを広げた。急にお屋敷モードになったレオにドキドキしてしまう。

「あ、ありがとう」

レオにあつあつのパニーノを手渡《てわた》され、ふーっと冷ましながら一口かじる。とたんに広がるフレッシュなトマトの酸味、そして濃厚《のうこう》なチーズが味に深みをもたらす。そして、びっくりするほどチーズがのびて、思わず笑ってしまった。子どものようにチーズの糸を唇に貼《は》り付けるロゼッタを見て、レオが苦笑いしながらハンカチで拭《ぬぐ》ってくれる。

こんな風に外で、笑いながら食事をするのは久しぶりだった。アントニオとの食事はちゃんとテーブルについてするものだったから。

ふとロゼッタは思う。人間、落ち込んでいても温かくて美味《おい》しいものを食べると、笑えるんだなと。でもそれは、隣《となり》にレオがいることも大きいのだろう。

ロゼッタ達はパニーノを食べ終わり、一緒《いっしょ》に買った飲み物を手にぼうっと広場を眺《なが》めていた。

すると、レオがおずおずといった様子で切り出してきた。

「その、どうしてロゼッタ様はアントニオ様と結婚《けっこん》されたのですか？　いろいろ言われることは予想できたでしょうに」

真剣《しんけん》な眼差《まなざ》しに、おそらくレオはずっと聞きたくて、でも聞けなかったのだろうと思った。

今さらレオに隠《かく》すことでもない。そう思い、ロゼッタは過去を話すことにした。

「三年前、私が十六歳だったときに実家が火事になったの。父と母と、弟が巻き込まれて死《し》んでしまった。私だけが生き残ってしまったの。そして、私の家は領地を持たない名ばかりの子爵《しやく》家だったから、生きていくためのお金がなかった」

ロゼッタは手元の飲み物を見つめる。

「それで、アントニオ様と結婚されたのですか」

「結果的にはそうなるわね。結婚するまでにも、いろいろ理由はあったのだけれど」

レオがこちらを見ている気配はするけれど、ロゼッタの視線は動かない。

「差し支《つか》えなければ、そのお話も聞いて良いですか」

「こんな話、本当に聞きたい？　楽しい話じゃないわよ？」

ロゼッタは顔を上げた。レオは真剣な表情をしていた。

「聞きたいです」

レオに真っ直《す》ぐに見つめられ、話すべきか少し迷った。さっきは確かに話そうと思ったはずなのに。こんな言い訳みたいな昔話、わざわざ話す必要があるのだろうかと不安になってしまう。どんな経緯《けいい》であれ、ロゼッタの存在がアントニオの印象を悪くしたのは事実だから。

でも、レオが気になっていること、聞いてくれたことにはちゃんと答えたい。そんな気持ちが勝《まさ》り、結婚までの長い経緯を話すことにした。

話はロゼッタが生まれる前から始まる。ロゼッタの実家であるフェリオ家とレンティーニ家は、領地が隣同士なこともあり、もともと交流があった。ロゼッタの祖父とアントニオは幼馴《おさなな》染《じ》みで特に仲が良く、アントニオの初恋《はつこい》が親友の妹であるロゼッタの大叔母《おおおば》だったのは自然な成り行きだった。

「まさかロゼッタ様を初恋の人の身代わりに？」

「それは違《ちが》うわ。でも、甘酸っぱい初恋には変わりないわね」

けれど、ロゼッタの祖父が流行病《はやりやまい》で急死してしまう。そこでロゼッタの父がフェリオ家を継いだのだが、父はまだ若い上にお人好《ひとよ》しだった。その性格が災《わざわ》いし、親戚《しんせき》に騙《だま》されて領地を奪《うば》われてしまったのだ。爵位だけあっても領地がなければ生きていけない。そこに救いの手を差し伸《の》べたのがアントニオだった。幼馴染みの息子《むすこ》一家が困窮しているのを見かねて、役人になれるように推薦《すいせん》してくれたのだ。これによってロゼッタ一家は飢《う》えることなく生きてこられた。だからロゼッタの父はアントニオにとても感謝していたし、自分の第二の父親のように慕《した》っていた。

「だからロゼッタ様にも手を差し伸べたのですね。でも、別にアントニオ様はロゼッタ様を妻にしなくても、援助《えんじょ》はできたのでは？」

「まだね、込《こ》み入った事情があるの」

アントニオが突如《とつじょ》、中堅《ちゅうけん》貴族であるザーツ伯爵《はくしゃく》に告発されたのだ。国に納める税を横領していると。もちろんアントニオがそんなことするはずがない。国王も周りの貴族も、大貴族で人望もあるアントニオ・レンティーニ侯爵を嫉《ねた》んだザーツ伯爵の難癖《なんくせ》だと思った。でも、調べても出てくるのはアントニオが不正をしたという証拠《しょうこ》ばかり。

「アントニオ様が潔白なのは、事実なんですか？」

「事実よ。アントニオ様は困っている人がいれば、惜《お》しみなく援助する御方《おかた》よ。そんな御方が横領なんて、そんな卑劣《ひれつ》なことをするはずがないわ」

しかし、証拠が出てきては国王も庇《かば》いきれず。アントニオは横領の罪を償《つぐな》うために領内で謹慎《きんしん》、そのうえで横領した税を早急に返納することが申し渡《わた》された。できなければ、告発したザーツ伯爵に褒美《ほうび》として領地を取られることになる。しかもザーツ伯爵は問答無用で重税を課すと有名な人物だった。なんとしても重税から領地を守らなくてはと、アントニオは必死に資金をかき集め始める。こうしてレンティーニ家の没落《ぼつらく》は始まったのだ。

「つまりレンティーニ家の没落と、ロゼッタ様は何の関係もないってことですよね」

「そうなるわね。でも……アントニオ様の印象を悪くしたのは私だもの。仕方ないわ」

レオが急に立ち上がった。

「仕方なくない！　どうしてそんな着なくてもいい、悪女の濡《ぬ》れ衣《ぎぬ》を着るんですか。俺には、理解できない」

レオの瞳《ひとみ》が、怒《いか》りのせいかゆらゆらと揺《ゆ》れている。

「レオ、ほら座って。私も噂《うわさ》を止めようとは思ったのよ。少しでも状況《じょうきょう》が良くなるようにと思って、出しゃばらず、質素に、屋敷でひたすらおとなしく暮らしていたつもりだけど……それでは意味がなかったんだわ。もっと外に出て自ら動かなければいけなかったのね」

そして、レンティーニ家の没落が始まった頃《ころ》、ロゼッタの実家が火事で焼け落ちる。ロゼッタ一人だけが生き残り途方《とほう》に暮れていた。そこに声をかけてきたのが、あのザーッ伯爵だった。ロゼッタに第五夫人になれば生活の保障をしてやると言ってきたのだ。この国では王家以外の多妻は認められていないから、要するに妾《めかけ》として来いということだ。その図々《ずうずう》しい性格も嫌だが、何よりアントニオを陥《おとしい》れたとされる人物からの求婚だ。嫌に決まっている。

領地を奪った親戚達はロゼッタのことなど見向きもしない。頼《たよ》りのイヴァンは仕事のため遠くに行ってしまった。誰《だれ》も頼れなくて困り果てていたとき、アントニオが手を差し伸べてくれたのだ。アントニオ本人も大変な時期だったのに。

いくら没落したとはいえアントニオは侯爵《こうしゃく》だ。侯爵家の妻を伯爵家が横取りはできないため、ロゼッタを形だけの妻に迎《むか》えてザーツ伯爵から守ってくれたのだ。

「じゃあ、本当にロゼッタ様を守るためだけに、妻にしたんですね」

「そうよ。あのときはそれしか手がなかったの。でも、私のせいでアントニオ様の印象を悪くしてしまった」

自分の娘《むすめ》であるダニエラよりも、さらに二十歳以上若い娘を妻に迎えたのだ。その反応はすごいものだった。今まで人格者だと言われていたのに、若い女の色香《いろか》に惑《まど》わされた老いぼれなどと言われ始めてしまったのだ。それでも、アントニオに面と向かってそれを言える人はほとんどいなくて、代わりにロゼッタを貶《おとし》める言葉に変化していったが。

アントニオはとても優《やさ》しかった。家族を亡《な》くした直後で泣いてばかりだったロゼッタを気遣《きづか》い、気晴らしにと街に連れ出してくれたり、面白《おもしろ》いと話題の本を持ってきてくれたり。病に倒《たお》れて別邸《べってい》に移ってからは、バラ園の世話という仕事を与《あた》えてくれて、毎日お話ししてくれて、ロゼッタの存在は必要なんだと伝えてくれた。

夫婦らしいことは何もなかったけれど、確かにアントニオはロゼッタを愛してくれていた。お互《たが》い夫婦としての愛情ではなかったけれど、アントニオはロゼッタを孫のように慈《いつく》しみ、ロゼッタはアントニオを祖父のように敬愛していたのだ。

「じゃあ、こんなのロゼッタ様にとって風評被害《ひがい》じゃないですか」

「でも、アントニオ様が悪く言われるより、自分を悪く言われていた方がまだいいわ」

ロゼッタはあえて明るい声を出した。

「無理に笑顔《えがお》を作らないでください」

レオが困ったように眉《まゆ》を下げている。

「レオ……ありがと」

レオの優しさが温かい。レオがいてくれて本当に良かった。

本当は、街の人々の態度が想像以上に辛《つら》かった。面と向かって悪意をぶつけられることもだが、人は視線だけでもこんなに他人を攻撃《こうげき》できるのだ。街の人々の冷たい眼差しが、ここまで痛いものだなんて初めて知った。

「さぁレオ、そろそろ行きましょうか」

暗い気持ちを押し返すように、ロゼッタは勢いよく立ち上がる。

「お待ちください、ロゼッタ様。雨が降りだしそうな空です。屋敷《やしき》に戻《もど》った方がいいと思います」

レオに言われて空を見上げた。真上は薄曇《うすぐも》りだったが、西の方には灰色の分厚い雲が立ちこめている。通り雨が来そうだ。街での手がかりは何も摑《つか》めなかったが、一通り思いつく場所も巡《めぐ》ったし、次に向かうところも決めていない。ならばと、今日はもう屋敷に戻ることにした。

ロゼッタ達は、大通りを屋敷へ向かって足早に歩き始める。

「あ、ロゼッタ様。ちょっと待ってください」

レオに手を掴まれ、ぐいっと引き寄せられる。まるでダンスでも踊《おど》っているかのように、するっとレオの懐《ふところ》へとロゼッタは収まった。

何だろう、ダンスハグとでも言えばいいのだろうか？　とにかくレオの端整《たんせい》な顔が近い。

「れ、れお？」

驚《おどろ》きのあまり、声が裏返ってしまった。

「このまま俺の方を向いていてください」

え？　この近さでレオを見続けるの？　なんで？

ロゼッタの頭の中で疑問符《ぎもんふ》がくるくると躍《おど》る。

「前方に、大きなヘビがいます」

「ヘビ！」

ロゼッタは虫は意外と平気だ。バラ園の世話をしていれば嫌《いや》でも慣れる。だがヘビは大の苦手だった。

うねうねとしていて掴み所がないところが気持ち悪いし（もちろん、掴みなどしないが）、シャーッと独特の音を立てるのが怖《こわ》いし、極《きわ》めつけは動かないと思っていると、妙《みょう》に素早《すばや》く動いたりするからたちが悪い。

「はい。ロゼッタ様の嫌《きら》いなヘビです。すぐに追い払《はら》いますから、じっとしててくださいね」

「わ、わかったわ」

ロゼッタはレオのジャケットの襟《えり》をこれでもかと握《にぎ》る。早くいなくなってと願いながら。

すると、レオが何かを投げるような動きをした。石でも投げてヘビを追い払ってくれているのだろうか。

「レオ、もう大丈夫《だいじょうぶ》？」

「もう少し、もうちょっとで見えなくなります」

レオの手がロゼッタの後頭部にまわり、後ろを見ないようにとやんわりと押さえてくる。さらにレオに密着するような体勢になり、さすがに恥《は》ずかしくなってきた。こんなに近づいたら、どきどきしている心臓の音が聞こえてしまいそうだから少し離《はな》れたい。縋《すが》り付いたのは自分のくせに、わがままなことを言っているとは思うけれど。

「はい、大丈夫ですよ」

レオの手が頭から離れた。

ほっとしながら、ロゼッタは顔を上げる。レオは爽《さわ》やかに微笑《ほほえ》んでいた。

そんなレオを見て、何故《なぜ》かずるいと思ってしまった。だって、そんな綺麗《きれい》な顔で微笑まれて、しかも苦手なものから守ってくれて、ちょっと完璧《かんぺき》すぎやしないだろうか。

「どうされたんですか？　変な顔して」

「ど、どうもしてないわ。それより早く戻り…………雨？」

頭上に、ぽつりぽつりと何かが落ちてきた。

「まずい、降り出しましたね」

話をしている間にも、だんだんと雨脚《あまあし》が強くなってくる。

「これは雨宿りした方がいいかしら？」

ロゼッタは辺りを見渡《みわた》し、雨がしのげそうなところを探す。すると、レオが突然《とつぜん》ジャケットを脱《ぬ》いでロゼッタの頭に被《かぶ》せてきた。視界が一気に狭《せば》まる。

「レオ？」

「いや、あの、お召《め》し物が濡れてしまいます。それ、ロゼッタ様の数少ない上等のものなんでしょう？」

レオは少し腰《こし》を曲げて、ロゼッタの瞳を覗《のぞ》き込んできた。

「そうだけど……」

「じゃあ、これ以上雨が強くならないうちに行きましょう」

言うが早いか、レオが突然ロゼッタを横抱《よこだ》きにした。いわゆるお姫様《ひめさま》抱っこというやつだ。

「れ、れお。自分で歩けるわ」

こんなことをされたのは初めてで、ロゼッタは大慌《おおあわ》てだ。

「暴れないでください、危ないです。歩いていてはびしょ濡れになってしまいますよ。俺が抱《かか》えて走った方が早いです」

レオは慌《あわ》てふためくロゼッタのことはお構いなしに、走り出してしまった。こうなっては、もうレオの負担にならないようにおとなしくするしかない。落ちないようにレオのジャケットを必死で掴んだ。

「ロゼッタ様、俺の首に手を回してください。そっちの方が安定しますから」

レオは息切れすることなく、走りながらしゃべった。

首に手を回す、ほぼ抱きついてるのと変わらないのでは？　しかもさっき以上の密着度だ。

「ロゼッタ様、早く」

しかし、レオに催促《さいそく》されてしまう。ロゼッタは腹を決めて、えいっと手を回したのだった。

レオの息遣《いきづか》いが聞こえる。耳がこそばゆくてたまらないし、照れくさくて顔が熱くなる。

しばらく走った後、レオが急に路地を曲がった。

「ロゼッタ様、こちらの方が近いので裏道を使いますね。ちょっとびっくりするかもしれませんが、そういうところだと思ってください」

裏通りに入るとびっくりするとはどういうことなのか？　ロゼッタは疑問に思ったが、すぐに理解した。

レオを至近距離《きょり》で見つめ続けていられなくて、ロゼッタは視線を無理やり横に向けていた。だから裏道の様子がよく見える。裏通りはロゼッタが驚くような別世界が広がっていた。

裏通りは文字通り裏だった。表のまさに裏返し。薄暗《うすぐら》い、異臭《いしゅう》がする、ごみだらけ、昼間から泥酔《でいすい》した人が闊歩《かっぽ》し、痩《や》せた子ども達が道の端《はし》で寄り添《そ》うように寝《ね》ていた。罵声《ばせい》が飛び交《か》い、でも誰《だれ》もそれを気にしない。きっと気にかける余裕《よゆう》がないのだ。

「ここまで来れば……雨が酷《ひど》くなってきたので、雨宿りしましょうか」

レオは周りを見渡した後、そっと屋根が突《つ》き出ている場所にロゼッタを降ろした。

通りの壁《かべ》は落書きだらけで、何の染《し》みか分からない変色した場所がところどころにある。放置されたワインの木箱にびっしりとカビが生え、キノコも生えていた。とても食べられそうにない、毒々しい緑色をしているキノコだが。その木箱の裏から黒い小動物が走り出し、ロゼッタは反射的にレオに縋り付く。

「レオ、ここは本当にレンティーニ領なの？」

ロゼッタは信じられない思いで、路地を見つめた。

「そうですよ。ここは間違《まちが》いなくレンティーニ領内です」

レオの言葉に愕然《がくぜん》とした。

アントニオは領主としてとてもすぐれていて、家は没落《ぼつらく》しても領内への影響《えいきょう》は最小限にとどめていると聞いていた。それなのに、この酷い状況《じょうきょう》は何だ。

「ねぇ、雨が降っているのに道ばたで子ども達が寝ていたわ。彼らに帰る家はあるの？」

ロゼッタは恐《おそ》る恐る尋《たず》ねた。

「ある子もいれば、あった子もいるし、はなから路地で生まれた子もいます」

「そんな……」

昼間でも地べたに寝ていたら冷たいのに、雨に濡《ぬ》れては凍《こご》えて死んでしまうではないか。

ロゼッタは子ども達のいたところに戻ろうとした。けれど、レオに腕《うで》を掴まれて屋根の下に引き戻される。

「どこに行くんですか。濡れてしまいます」

「さっきの子ども達のところに行くのよ」

「行ってどうするんですか」

「私の上着を渡《わた》すわ。くっついて羽織れば、みんなで雨をしのげると思うの」

「アントニオ様にいただいたものだと言ってましたよね。それを勝手に施《ほどこ》すのですか？」

「……そ、それは………」

アントニオからもらった上着を、自分の持ち物だと胸を張って言い切れるのか。もらったのだから、どう使おうと自分の勝手だと言えばそれまでだ。けれど、そんな風にロゼッタは割り切れず、言葉に詰《つ》まる。

「こんな高価なものを施しても、どうせ大人に奪《うば》われてしまいますよ。下手をしたら殴《なぐ》られて怪我《けが》をするかも。逆に子ども達を危険にさらします」

突きつけられた内容に、ロゼッタは言葉を返せなかった。

「ロゼッタ様、あいつらはこの生活に慣れてるから大丈夫です。下手に関《かか》わると、ロゼッタ様が嫌な思いをします」

「な、なんで、そんな分かった風に言うの？」

「養護院に世話になる前、俺もあいつらの中の一人だったんですよ。継母《ままはは》と折り合いが悪くて家を追い出されました」

レオが吐《は》き出すように言う。その内容に、一瞬《いっしゅん》呼吸を忘れた。

「その、お、お父様は守ってくれなかったの？」

「さぁ、どうでしょうか。父が不在のときに叩《たた》き出されたんで、分からないですけど。たぶん見てたとしても助けてはくれなかったと思いますよ。継母に頭があがらないようでしたから」

レオの告白に、ロゼッタは胸が締《し》め付けられた。レオはさらっと言うけれど、実際はとても辛《つら》い思いをして生きてきたに違いないのだから。

「私、レオのこと何にも知らないのね」

こんなに近くで過ごしておいて、安らぎをもらっておいて、命まで守ってもらっておいて。他人の傷に踏《ふ》み込むことが怖《こわ》くて、深く聞かないようにしていた。でも、レオのことを何にも知らないなんて、やっぱり自分がとても薄情《はくじょう》に思えた。

「まぁ言ってないですから。ロゼッタ様が気に病《や》む必要はないですよ。それにアントニオ様が元気な頃《ころ》はここまで酷くなかったんです。だから、俺も養護院の院長先生に拾ってもらえた」

じゃあ養護院に拾ってもらえるまでは、道ばたでレオは凍えていたってことだ。ロゼッタの脳裏《のうり》に、幼いレオが寒さで今にも死にそうになっている映像が浮《う》かぶ。今すぐに毛布を持って、駆《か》けつけたい衝動《しょうどう》にかられた。

「じゃあ、酷くなったのは最近ってこと？」

「二年くらい前からでしょうか」

「知らなかったわ……」

アントニオが病床《びょうしょう》についた後は、ダニエラがなんとかしていると思っていた。

「それが普通《ふつう》だと思いますよ。ロゼッタ様は領内の情報を何も知らなかったんですから」

事実を言っただけで悪気はないのだろう。だからこそ、レオの言葉がぐさりと刺《さ》さった。

「でも、私は何も知らずに、のんきに自分だけが不幸だと思って過ごしていたわ」

ひたすらバラの世話をして、アントニオの病状の心配だけをしていた。ロゼッタの世界はあの別邸《べってい》の中で完結していたのだ。

「おそらくアントニオ様が意図的にそうしてたんだと思いますよ。別邸という箱庭で、ロゼッタ様がこれ以上傷つかないようにと守っていたんでしょう」

アントニオのもとに来たばかりの時は、家族を失った悲しみに打ちひしがれていた。だから、アントニオはロゼッタがこれ以上傷つかないようにと、過保護に思えるほどに守ってくれていたのだ。アントニオの心遣《こころづか》いに気付かず、それに甘えてロゼッタは外への興味を持たなかった。

「私、初めて気付いたわ。何も知らないことは、こんなに恥《は》ずかしいことなのね」

ロゼッタが街に出ていたのは、アントニオが元気だった頃だけ。当時の街はまだ活気があったから、そこまで生活に困窮《こんきゅう》しているとは思ってもいなかった。けれど、どんどん人々の生活は辛くなっていったのだ。領民が苦しんでいるのも知らずに、のうのうと暮らしていたことが申し訳ないし、不甲斐《ふがい》なくて消えたくなる。

「考えてみれば当然よ……。国への通常の納税と、横領したとされる分の返納、どこからひねり出すかっていったら領民の皆《みな》さんからもらうしかないもの。当たり前なことにさえ気付いていなかった」

ロゼッタの父は領地を奪われてしまったものの、ノブレス・オブリージュ、すなわち貴族としての責務は果たさなくてはならないと、いつも口を酸っぱくして言っていた。自分の悲しみを癒《いや》すことで精一杯《せいいっぱい》だったなんて、それはロゼッタの言い訳だ。

ダニエラは傾《かたむ》くレンティーニ家、逼迫《ひっぱく》する領内を必死に守ろうとしていたのだ。苦しい状況を打破するために、今は遺言状《ゆいごん》に書いてあった希望に縋《すが》る必要があり、その手がかりとして『鍵《かぎ》』がある。でも、鍵を持っていそうなロゼッタは知らないと言うばかり。それは激怒《げきど》するに決まっている。ダニエラを怒《おこ》らせたのは、ロゼッタの鈍感《どんかん》さだ。

考えることを放棄《ほうき》していたつけが今まわってきたのだ。それはとてつもなく大きくなっていて目を背《そむ》けたくなる。でも、ここで向き合わなかったら、きっともっと後悔《こうかい》することになると思った。

「レンティーニ家のためだけじゃなく、領民のためにも鍵を見つけなきゃいけなかったのよ」

レンティーニ家を再興させて、領民の暮らしを少しでも良くする。そのためにも、まずは鍵が必要だ。もっと真剣《しんけん》に捜《さが》さなくてはならなかったのだ。

レオはロゼッタにとって厳しいこともちゃんと言ってくれる。アントニオのようにただ慈《いつく》しんで守るだけではない。それが、今のロゼッタにとって嬉《うれ》しかった。

「レオ、ありがとう」

「え、な、なんですか、いきなり」

レオは不思議そうに、首を傾《かし》げている。

ロゼッタはレオの手を取って、両手で握《にぎ》りしめた。

「レオが私を助けてくれたから、今度は私が領民の皆さんを助けられるかもしれない。そのチャンスを与《あた》えてくれたこと、本当に感謝しています」

レオは黙《だま》ったまま目を丸くして固まってしまった。しばらくすると目をそらしてしまう。もしかして照れているのかもしれない。でも、感謝の言葉を告げたことに後悔はなかった。

その後、雨宿りをしながらレオに路上でのこと、養護院での暮らしをたずねた。レオはたくさん話してくれた。いつもはあまり自分のことを話したがらないのに。レオがまた一つ、心の扉《とびら》を開けてくれた気がした。

　路上での暮らしは危険が伴《ともな》うこと。養護院に拾われたら幸運な方。ただ養護院も規模や援助《えんじょ》者の存在で天と地ほどの差が出るし、暮らしぶりは弱肉強食だと。ロゼッタの知らなかった暮らしがそこにはあった。そして、もっと知りたいと思った。

　雨が上がると、ロゼッタは先ほどの子ども達のところへと戻《もど》る。ためらいはあったけれど、アントニオからもらった上着をやはり渡そうと思ったのだ。また雨が降ったら使って欲しいと思って。けれど子ども達はもういなかった。帰る家があったのならいい。もっと快適に雨をしのげる場所を見つけたのならいい。でも……そうじゃなかったら。

　子ども達がどうなったのかロゼッタは不安だった。けれど調べる手立てもなく、レオに促《うなが》されて屋敷《やしき》に戻ったのだった。

第四章 踏み出した一歩

鍵を見つけてレンティーニ家を再興する。そして、領民の暮らしを立て直すと決意したロゼッタだったが、肝心《かんじん》の鍵捜しは進展がなかった。屋敷の中はレオやパメラにも手伝ってもらい、再度しっかりと捜してみたが見つからない。アントニオと過ごした記憶《きおく》を必死で思い返すも、ただアントニオが優《やさ》しかったことを実感するだけだった。

家族を亡《な》くして生きる意欲まで亡くしたロゼッタに、アントニオは毎日話しかけてくれた。そのときにアントニオの初恋《はつこい》がロゼッタの大叔母《おおおば》だというのも聞いた。とても淡《あわ》くて甘酸っぱい初恋の思い出話に、胸が高鳴ったものだ。

「レオ、この別邸のバラ園はね、アントニオ様が初恋の少女に贈《おく》るために育て始めたのよ」

ロゼッタはバラの病気の治療《ちりょう》にも取りかかっていた。まずは黒点が出た葉をすべて取ること。そして、その葉が触《ふ》れたであろうまわりの葉も取る。うつる病気だから、最初に大きく取り去ることが肝心だ。

「初恋の相手、確かロゼッタ様の大叔母様でしたね」

アントニオが十歳の時に結婚《けっこん》の約束をしたと聞いている。アントニオ少年がこのバラを育て、ロゼッタの大叔母に渡《わた》したのだ。自分の育てたバラは自分の分身、その分身を愛《いと》しい相手に贈る行為《こうい》は、この国の古い慣《なら》わしで求婚を意味する。十歳の少年が真っ赤になってバラを差し出す姿を想像するだけで、微笑《ほほえ》ましくて胸がいっぱいになる。

「アントニオ様が大叔母様と結婚なさっていたら、また違《ちが》った未来になったんでしょうね」

ロゼッタは葉をすべて取り切ると手袋《てぶくろ》を取り替《か》えた。同じ手袋をしたまま健康な葉に触《さわ》ったら、それでうつってしまう可能性があるからだ。

「ですが、アントニオ様が結婚されたのはダニエラ様のお母様でしたよね。どうして結婚されなかったのですか？」

レオが薬剤《やくざい》を入れた霧吹《きりふ》きを手渡《てわた》してくる。ロゼッタは受け取ると、丁寧《ていねい》に薬剤を吹き付け始めた。

「大叔母様は病弱な方だったらしくて、婚約の一年後に亡くなってしまったのよ」

だからアントニオは、このバラ園を初恋の思い出と共に大事にしていた。おそらくダニエラはそれが気に入らないのもあって、この別邸に見舞《みま》いに来なかったのだろう。来るのは最低限、当主代行業務に必要なことがあるときだけだった。

「でも、ダニエラ様は誤解しているのよ。アントニオ様が大叔母様に贈ったバラは確かにこのバラ園で今も咲《さ》いている。でも、それは一種類だけ。他《ほか》のたくさんの種類は、すべてダニエラ様のお母様のために育てていたバラなのに」

ロゼッタは目の前の、可憐《かれん》な八重《やえ》のバラをそっと手に取る。ダニエラにそれを伝えたいと何度も思った。けれど、ダニエラはまともにロゼッタと話をしようとはしてくれない。次第《しだい》に威圧《あつ》的なダニエラに対して恐怖心《きょうふしん》が増してしまい、ロゼッタは伝えることを放棄してしまった。

「ロゼッタ様はそれを知ったうえでも、こんなにも丁寧に世話をされているんですか？」

レオが作業の手を止めた。

「なんで驚《おどろ》くの、レオ」

「だって、ダニエラ様は勝手に怒ってるだけですよね。そんな人のためにロゼッタ様の手を煩《わずら》わせるなんて、なんか納得《なっとく》がいきません」

憤慨《ふんがい》しているレオの様子を見て、ロゼッタは思わず笑ってしまった。

「ふふっ、レオったらムキになって可愛《かわい》いわね」

「は、なんでですか！　可愛いのはロゼ……いえ、何でもないです」

今、レオは何を言おうとしたのだろうか。

レオは手の甲《こう》で口を覆《おお》うと、黙り込んでしまった。男の子にとって『可愛い』は嬉しくなかったかもしれない。ちょっと反省だ。

「それはそうと、このまま何もしないのはいけないと思うのよ」

「と言いますと？」

話題が変わったことで、いつものきりっとした表情のレオに戻った。

「考えたんだけど、養護院を慰問《いもん》してみようかと思って」

「養護院……慰問？」

レオは、ぽかんとした表情のままオウム返しにした。

「裏通りでの子ども達の様子や、レオの養護院の話を聞いてずっと考えてたの。本当は鍵を早く見つけて、根本的に変えていく必要があるとは思う。ただ、その肝心の鍵が見つからない。でも、見つからないからと言って、何もしないのは、何も変えられないし、少しでも何か変わるのであれば、何かしたいと思って、その何かを考えて……あれ、何を言いたいのかこんがらがってしまったわ。とにかく、屋敷に引きこもっていても仕方がないと思ったの」

必死に説明するも、うまく伝えられないのがもどかしい。

「それで養護院への慰問ですか。でも、懸賞金《けんしょう》のこと忘れてませんか？　あまり屋敷から頻繁《ひんぱん》に出ると危ないですよ」

レオの眉間《みけん》に皺《しわ》が寄った。レオの心配はもっともだけれど、ロゼッタとしても言い分はある。

「分かってる。でも、バラ園のとき以来誰《だれ》も襲《おそ》ってこないし。たぶん、あの時は屋敷に私一人だったから狙《ねら》ってきたんだと思うの。その証拠《しょうこ》に、レオが来てから新たに襲われたことは一度も無いわ。もちろんちゃんと警戒《けいかい》はする。一人にならないし、人気の無い場所にもいかない」

パメラも首を捻《ひね》って言っていた。怪《あや》しい気配を感じるときもあるけれど、何故《なぜ》か襲ってくる人物がいないのだと。

「そう……きますか……」

　レオが額に手を当てて、うつむいてしまった。

「レオ、気に障《さわ》るようなことを言ってしまったかしら？」

ロゼッタが覗《のぞ》き込むと、レオはいつもの引き締《し》まった表情を見せる。

「いえ、大丈夫《だいじょうぶ》です。ただ、養護院に行っても受け入れてもらえないかもしれないですよ」

「それは分かってるわ」

街で拒絶《きょぜつ》された悲しさはちゃんと覚えている。おそらく養護院でも同じような反応をされるだろう。それでも、やらない理由にはならないと思った。

「分かってない。はっきり言いますが、養護院の子ども達を貴族の恵《めぐ》まれた子どもと同じ存在だと考えてたら痛い目を見ます。あいつらは清潔とは言い難《がた》いし、口は悪いし行儀《ぎょうぎ》もなってない。一つの焼き菓子《がし》で流血の大げんかを繰《く》り広げるような奴《やつ》らですよ」

「そ、そうなの？　だとしたら、喧嘩《けんか》しないようにお菓子をたくさん持って行きましょう」

喧嘩はいけない。切り分けられるようなケーキをいくつも持っていくのはどうだろうか。そうすればどれだけ人数がいようとも、小さくはなるがみんなで分けられる。

ロゼッタが持って行くお菓子に思いをはせていると、焦《あせ》ったようなレオの声が聞こえた。

「いえ、そういうことではなくて」

ゆらゆらとレオの瞳《ひとみ》が揺《ゆ》れている。

「じゃあどういうことなの？」

「だからっ……きっと、あなたが傷つくから」

レオが歯を食いしばるように言ったその言葉は、ロゼッタの心にじんわりと染《し》みこむ。

「心配してくれているのね。でも、私は傷ついてもいいの。いえ傷つくべきだわ。私だけ、ぬくぬくとこのお屋敷《やしき》で過ごしてきたんだもの。もっと皆《みな》さんの苦しみを知らなきゃいけないわ」

「下手したら石投げられますよ」

「分かってる。投げられてもいい。私はそれだけのことをしていたんだもの」

「ロゼッタ様は別に悪いことは何もしてません」

レオは優しい。でも、その優しさに身を委《ゆだ》ねていては、先に進むことはできない。

「していたわ。知ろうとしなかった、言おうとしなかった、動こうとしなかった。すべて、私の怠慢《たいまん》が招いたことよ。もうこれ以上、怖《こわ》いからといって屋敷に閉じこもっていたらダメよ」

「命を狙われていても、嫌《いや》な思いをしようとも、外に出ると？」

「そうよ。だからお願いレオ。私と一緒《いっしょ》に来て欲しいの。甘えたことを言っているのは分かってるけど、さすがに一人では出歩けないわ。危ないのもあるし、やはり一人ではどうしていいのか分からないの」

ものすごく矛盾《むじゅん》したことを言っている自覚はある。偉《えら》そうなことを言っておきながら、結局は一人で何もできないのだ。でも、それで尻込《しりご》みしていたら何一つ変えられないと思うから、甘ったれと言われてもいいから外の世界を知りたい。

レオは黙《だま》りこくってしまった。

ロゼッタは、じりじりとした時間をひたすら待つ。レオが返事をくれるまで。

「……分かりました。ロゼッタ様の意思を尊重します」

唸《うな》るように言ったレオの言葉に、ロゼッタは目を見開く。

「本当に？」

「えぇ、ロゼッタ様の熱意に負けました。俺はあなたに仕える身、あなたの希望を叶《かな》えるのが使命ですから」

ロゼッタはレオに頭を下げる。無駄《むだ》な労力をかけさせるのだ。それでも、レオにはついてきて欲しかった。

「ありがとう、レオ。頼《たよ》りにしてるわ」

頭を上げたロゼッタは、満面の笑《え》みを浮《う》かべるのだった。


ロゼッタ達はカゴに焼き菓子を入れて、養護院に向かっていた。クリームたっぷりのケーキも考えたのだが、持ち運びに適さないので泣く泣く諦《あきら》めた。そのかわりクッキーやマドレーヌ、フィナンシェ、そして色とりどりのマカロンを山盛りカゴに詰《つ》めている。

先日のこともあるので、今日は外出用と普段《ふだん》用の間の、ぎりぎり外に出られるワンピースを選んだ。パメラは渋《しぶ》い顔をしたが、子ども達と触《ふ》れあうのだからこれくらいでちょうど良いと説得したのだ。

レンティーニ領には大きな養護院が一つ、小さな養護院が三つある。別邸《べってい》から一番近いのが、レオのいた小さな養護院だったので、レオに紹介《しょうかい》してもらい慰問できることになった。

「案の定、パメラさん大反対でしたね」

レオがくすくすと笑っている。

「心配ならパメラもついてくればいいって言ったのに。そこは妙《みょう》にレオを信頼《しんらい》してるのよね。私よりレオを信頼してるっておかしくない？　最初はものすごくレオのこと疑ってたのに」

ロゼッタは思い出して、つい愚痴《ぐち》を言ってしまう。

パメラに養護院へ行きたいと伝えると猛《もう》反対された。危ない、身分を考えろ、行っても皆が嫌がる等。皆が嫌がるという部分には、内心かなりショックを受けたけれど、それはちゃんと分かったうえだ。

しかし、レオが「護衛するので大丈夫、身の安全は保証します」と言ったら、パメラの渋い顔は変わらなかったが許しが出たのだ。行けることは嬉《うれ》しい反面、何故だと問いたい気持ちでいっぱいだった。

「パメラさんは俺のことを信頼してないと思いますよ。俺の護衛の腕《うで》を信用してるだけです」

「それって……同じことでは？」

信頼しているから、ロゼッタと街に送り出しているのではないのだろうか。

「うーん、ま、細かいことはいいじゃないですか。行きましょう」

レオはさっさと目的地の方へと歩き出してしまう。

「待って。離《はな》れたら危ないんじゃないの？」

「これくらい離れた内に入りません。パメラさんに認められる程度には強いので大丈夫です」

レオが歯を見せて笑った。その無邪気《むじゃき》な笑顔から何故だか目が離せない。

レオは不思議だ。第一印象はどこか温度の無い印象をもったけれど、話してみたらそれは変化した。笑ったり怒《おこ》ったり悲しんだり。でも、ここ最近は今みたいな表情も見せてくれるようになった。今までの笑顔が嘘《うそ》だとは思っていないけれど、なんというか、血の通った表情とでも言うべきだろうか。それがロゼッタは嬉しかったし、もっと見たいと思った。

養護院に着くとまずは全体像に驚《おどろ》いた。荒《あ》れ果てているのだ。草だらけの土地に、小屋のような建物がポツンと建っている。そして、建物の状態がまた酷《ひど》い。屋根はいろんな板でゴテゴテと補修されているし、壁《かべ》のレンガにはひびが入っている。これでは隙間《すきま》風《かぜ》が入ってしまうだろう。そして、畑に何かを植えた痕跡《こんせき》が見られるが、葉がしおれて枯《か》れかけている。

ロゼッタは風に乗って漂《ただよ》ってきた香《かお》りに顔を上げた。建物の裏の方を見ると、バラが植わっているではないか。

「あら？」

「ロゼッタ様、ここにも一応バラ園があるんです。小規模だし、まともに手入れされていないので酷いものですが」

「そうなのね。院長先生にご挨拶《あいさつ》した後、見に行っても良いかしら」

「院長先生が許可すれば大丈夫ですよ。じゃあ行きましょうか。気合い入れてくださいね」

レオが念押しのように言ってくる。逆に緊張《きんちょう》するではないか。

「ねぇ、院長先生ってそんなに気合いを入れないといけないような方なの？」

「いいえ、院長先生ではなく……まぁ入れば分かります」

レオの歯切れの悪い口調に、首を傾《かし》げるロゼッタだった。

養護院のドアを開いた瞬間《しゅんかん》、騒《さわ》がしい子どもの声が耳を突《つ》き刺《さ》す。十人くらいが一気に集まってきた。当て布だらけの服を着て、体の線が細い子ばかりだった。

「あー、誰《だれ》か来た！」

「誰々？　レオ兄ちゃんじゃん。なにその恰好《かっこう》」

「うわ、すげえ美人連れてるぞ」

「レオ兄ちゃんの嫁《よめ》？　ね、嫁なの？」

一斉《いっせい》にしゃべるので、誰が何を言っているやらまったく分からない。あまりの喧噪《けんそう》にロゼッタが固まっていると、レオが子ども達をあしらいながら前に進み始めた。

「ロゼッタ様。言ったでしょ、気合い入れてくださいねって」

レオが呆《あき》れたような笑みを向けてきた。そして、差し出されたレオの手に引かれるように、ロゼッタは養護院に足を踏《ふ》み入れる。

「ご、ごきげんよう。はじめまして」

子ども達に向かってスカートをつまみ、軽く会釈《えしやく》して挨拶をする。

「わー、しゃべった！」

「ねえ、本当にレオの恋人《こいびと》なの？」

「はじめまして。僕ルカっていうの」

これまた一斉に話し始めるので、全然聞き取れない。すると、一人の少年がスカートを引っ張ってきた。

「あんた、名前は？」

「そうですね、申し遅《おく》れました。私は……ロゼッタ・フェリオ・レンティーニと申します」

一瞬、家名は告げないでおこうかとも思った。けれど、ロゼッタはあえて名乗ることにした。子ども相手でも自分のすべてでぶつかりたいと思ったから。

子ども達は静まりかえってしまった。が、次第《しだい》にざわめきが広がる。

「お前、悪い奴《やつ》だろ。おれ知ってるんだ」

「領主様にとりついた悪魔《あくま》だって、パン屋のおばさんが言ってた」

「やべ、おれらの魂《たましい》を喰《く》う気か！」

子ども達の反応にロゼッタは足がすくんだ。踏み出したばかりなのに。子ども達のぶつけてくるむき出しの言葉に、早くも心が萎《な》えてしまいそうだった。

「おい！　お前らうるさいぞ。この人は悪魔なんかじゃねえよ。まったく挨拶もろくにできないのか？」

レオがロゼッタを庇《かば》うように立った。そのことにロゼッタはほっと息をつく。

まだ何もやっていないのにまた立ち止まろうとしてしまった。反省しながらも、奮い立たせてくれたレオの存在が有り難《がた》かった。

「レオ、いいんです。構いません」

ロゼッタは膝《ひざ》をつき、子ども達と同じ目線になる。そして、持ってきたカゴを見せた。

「皆《みな》さん、今日はお土産《みやげ》としてお菓子《かし》をたくさん持ってきました。院長先生にご挨拶したら、あとで一緒《いっしょ》に食べてくださいますか？」

こうなったらお菓子で釣《つ》ろう作戦だ。卑怯《ひきょう》な手かもしれないが、ロゼッタには武器がこれくらいしかない。なんとかお菓子をとっかかりにして子ども達と交流したかった。ロゼッタの思い込みなんかではなく、本当に必要としていることを彼ら自身から聞きたいのだ。

お菓子をちらつかせたかいがあり、子ども達の拒絶《きょぜつ》の勢いが弱まってきた。明らかにロゼッタよりもお菓子の入ったカゴに興味がうつっている。

「べ、べつに、食べてやってもいーぜ」

「おいらも、仕方ないから食ってやる」

「あたしも、もったいないから食べる」

子ども達の心をわしづかみだ。正確にはロゼッタではなくお菓子が心を摑《つか》んだにすぎないが。

ロゼッタは立ち上がると、院長先生に挨拶するべく奥へと進んだ。木の廊下《ろうか》がギシギシと音を立て、今にも床《ゆか》が抜《ぬ》けそうな恐怖《きょうふ》を味わいながら、突き当たりの部屋に辿《たど》り着く。

「ここが院長室です」

レオが目線を寄越《よこ》す。ロゼッタは小さく頷《うなず》いた。レオがドアをノックする。

「どうぞぉ」

のんびりした調子の声が返ってきた。

「失礼いたします」

ロゼッタは緊張のあまり、床の継《つ》ぎ目につまずいて転びそうになりながら部屋に入る。

「あらあら、ボロくて申し訳ないわ。怪我《けが》はない？」

出迎《でむか》えてくれたのは小柄《こがら》な老婦人だった。白髪《しらが》交じりのグレイヘアを上品に後ろでまとめ、笑いじわだらけの丸い顔がとても可愛《かわい》らしいおばあさんだ。

「大丈夫《だいじょうぶ》です。その、急に来てしまい、こちらこそ申し訳ありません。私はロゼッタ・フェリオ・レンティーニと申します。ご迷惑《めいわく》ならすぐにでも帰りますが、できれば……いろんなお話を伺《うかが》いたいですし、子ども達とも交流したいと思っているのですが」

レオにより、事前にロゼッタが来ることは知らせている。だからだろうか、院長先生はロゼッタの名乗りに対しても特に態度を変えることなく柔《やわ》らかだ。

「まぁ、こんな何もない養護院に慰問《いもん》に来てくれるなんて嬉しいわ。歓迎《かんげい》します。それにレオもおかえりなさい。元気そうで安心したわ」

院長先生は心底嬉しいとばかりにニコニコとしている。レオは院長先生に拾われたと言っていた。この人がレオを救ってくれた人なのだ。にじみ出る温かい人柄《ひとがら》にこちらまで温められてしまいそうな、そんな人だなと思った。

「レオは、私のもとでとてもよく働いてくれています」

「まぁ、本当に貴族のお屋敷《やしき》で？　立派にやっているのねえ」

院長先生が嬉《うれ》しそうに微笑《ほほえ》んだ。心なしか目が潤《うる》んでいるような気がする。

その後、ロゼッタは養護院での困っていること、して欲しいことなどを尋《たず》ねた。院長先生はときおり言葉を選びながらも、率直《そっちょく》な意見を聞かせてくれた。

やはり資金面で苦しいこと。街の人々が手伝ってくれるからなんとかやれていること。身寄りのない子どもは増えており、できる限り保護していきたいが、現実問題としてこれ以上の子どもの受け入れはできないこと。子ども達を生きながらえさせるので精一杯《せいいっぱい》で、独り立ちするための教育ができていないこと。そのことによって、せっかく繋《つな》いだ命なのに、養護院を出た後に危ないことに手を染めて亡《な》くなってしまうことも多いと、院長先生は嘆《なげ》いていた。

「院長先生。私のような者に時間を取って説明してくださり、本当にありがとうございます」

「いいのよ。あなたは噂《うわさ》とは違《ちが》う、誠実な人のようだから」

院長先生から出た労《いたわ》りの言葉が、思いの外ロゼッタを驚かせた。

「院長先生は、私をそんな風に見てくださるのですか？」

「噂通りの人物ならば、レオがこんなに懐《なつ》くはずがないわ。この子、警戒心《けいかいしん》のかたまりよ。ここに来た当初はなかなか心を開いてくれなかったもの」

「ちょっと院長先生。変なこと言わないで！」

レオが珍《めずら》しく顔を真っ赤にして焦《あせ》っている。初めて見せる表情に見入ってしまった。

「レオも、そんな顔するのね」

「見ないでくださいよ。恥《は》ずかしい。こんな姿見せるために連れてきたんじゃないのに」

レオは前髪《まえがみ》をくしゃっと摑み、上を向いてしまった。

「そんなに照れることないのに」

「まぁまぁ。レオはあなたには恰好良く思われたいのですよ。ふふ、それじゃ子ども達のところへ行きましょうか。あの子達、お菓子が待ちきれなくて、ほら、扉《とびら》にへばりついてるわ」

院長先生はやわらかく笑うとドアを指した。つられてドアを見ると、少しだけ開けられたドアの隙間《すきま》から子ども達の目がいくつも見えた。

「まぁ、では早速《さっそく》お茶の準備をいたしましょう。私、お茶なら上手に淹《い》れられます」

ロゼッタは張り切って立ち上がるのだった。


「なー、これも食べていい？」

十歳くらいの男の子がロゼッタの袖《そで》を摑んで聞いてきた。

「おい、ロゼッタ様の服が汚《よご》れる。まずは手を拭《ふ》け！」

レオが飛んできて、男の子の手を濡《ぬ》れた布巾《ふきん》で拭く。その間にも、隣《となり》では狙《ねら》っていたお菓子が被《かぶ》ったせいで喧嘩《けんか》が始まってしまった。ロゼッタは止めようと思うも、激しく摑み合っていて、どう仲裁したらいいのか分からずおろおろするばかり。するとレオが二人の首根っこを摑み強引《ごういん》に引きはがした。

「こら喧嘩すんな。仲良く食べられないのなら、もうお前らは食べなくていい」

「やーだー。レオ兄ちゃんのバカ！」

子ども達は風船のように頰《ほお》を膨《ふく》らませて拗《す》ねている。

「バカは余計だ。嫌《いや》なら仲良く食べろ」

しかし、レオの言葉に風船はすぐにしぼんだ。

「ちぇ、わかったよ。じゃあ半分こな」

文句を言いながらも子ども達はお菓子を分け始めた。

何というか鮮《あざ》やかだ。レオの面倒見《めんどうみ》の良さはここから来ているのだと、しみじみと実感する。

「あんた、レオの何なの？」

レオの手並みの良さに驚《おどろ》いていると、ロゼッタの前に女の子がやってきた。

女の子は養護院の中では年長でハッとするくらい綺麗《きれい》だった。艶《つや》やかな黒髪《くろかみ》はロゼッタとは違って真っ直《す》ぐに背中まで伸《の》びている。吸い込まれそうなほど大きな瞳《ひとみ》が印象的で、まるでお人形のような子だと思った。そんな美少女が、ロゼッタの前に仁王《におう》立ちして睨《にら》み付けてくる。

「黙《だま》ってないで答えなさいよ！　あんたはレオの何？」

美少女の不機嫌《ふきげん》そうな顔は迫力《はくりょく》があるわ、などとロゼッタが思っていると、女の子が足を踏《ふ》み鳴らした。

「ご、ごめんなさい。その、レオは私のお屋敷で働いてくれているの」

「屋敷で働く……つまり、あんたはレオの主《あるじ》ってこと？」

女の子が念を押すように聞いてくる。

「そうね。私にとって唯一《ゆいいつ》の使用人よ」

「唯一って……なんだか意味深だわ」

女の子はぼそぼそと考え込むようにしゃべるので、うまく聞き取れない。けれど眉間《みけん》には皺《しわ》が寄っている。そんなに難しいことは言っていないつもりなのに何故《なぜ》だろうか。

せっかく話しかけてくれたのだから会話をしなければと、ロゼッタは勇気を出して機嫌の悪そうな女の子に質問した。

「あなたのお名前は？」

「え、あたし？　あたしはリリャ。あんた年上に見えるけどいくつ？」

「私は十九歳ですよ」

「なんだ、おばさんじゃん。十四歳のあたしの方が釣り合うわ」

「おば……さん」

確かに十四歳から見たらおばさんだろうけれど。初めて言われただけに、ロゼッタは驚きを隠《かく》せなかった。

「それより、なんでこの養護院に来たの？　下の子達が喜んでるからお菓子《かし》を持ってきてくれたことは素直《すなお》に感謝するわ。だけど貴族の気まぐれに利用されてる気がして、あたしはなんか嫌。養護院に来てお菓子ばらまいて、気分良くなって満足して帰るだけでしょ」

ずいぶんとはっきりと言う子だなとロゼッタは驚いた。しかもロゼッタの痛いところを的確に突《つ》いてきている、とても賢《かしこ》い。

「あなたの言う通りよ。だから私に感謝する必要はないの。こうしてお話ししてくれるだけで、私の方が感謝しているわ」

「……は？　意味分かんない。あたしと話して何の得があるの」

リリャはさらに眉間に皺を寄せている。

するとと、院長先生がお皿をもってやってきた。

「リリャ、そのくらいにしておきなさい。あなたはもう少し言葉に気を付けなさいといつも言ってるでしょう？　攻撃《こうげき》的な物言いは無用な争い事を生むだけですよ」

院長先生はリリャに向かってお菓子が盛られたお皿を差し出す。リリャがそれを受け取ろうとすると、首を振《ふ》った。

「違うわ、配って欲しいわけじゃなく、あなたもいただきなさい。早く食べないと、食いしん坊《ぼう》達にみーんな食べられてしまいますよ」

院長先生の言葉に、リリャは困ったように口元をむずむずさせた。本当は院長先生の優《やさ》しさが嬉しいのに、素直にそれを言い出せないのだろう。レオも似たような反応を見せたことがあるから、微笑ましくなってしまう。

「院長先生が言うなら……食べようかな。でも院長先生こそ食べたの？」

リリャが心配そうに院長先生を見つめている。

「わたしはあまりお腹《なか》が減っていないからいいのよ」

「そう言って、最近院長先生ほとんど食べてない気がする。どこか悪いの………院長先生？」

院長先生が突然《とつぜん》、お腹の辺りを押さえてうずくまってしまった。額には脂汗《あぶらあせ》がにじんでいる。

「院長先生、大丈夫《だいじょうぶ》ですか！」

ロゼッタは駆《か》け寄り、院長先生を支えた。

「……は……いかない、倒《たお》れるわけには……いか、ないの」

荒《あら》い呼吸の間に院長先生の言葉がもれる。その切実な声に、ロゼッタはアントニオの最期《さいご》を思い出してしまう。危篤《きとく》状態に陥《おちい》り苦しそうにしながらも、まだやるべきことが残っているのだと呻《うめ》いていた姿が。

「しっかりしてください。すぐにお医者様を呼んできますから。レオ、院長先生を頼《たの》むわ」

ロゼッタはレオの姿を捜《さが》す。すると、いつもは機敏《きびん》に動くレオが立ち尽《つ》くしていた。真っ青な表情で。

「レオ！」

ロゼッタは大声で呼ぶ。するとレオがやっと動き出した。

「す、すみません。ロゼッタ様」

「いいのよ。それよりお医者様を呼びに行くわ。一番近いところはどこ？」

「もしかしてロゼッタ様が自分で行く気ですか？　ダメです。危ない。俺が行き……あぁ、でも一人にしてはおけないし」

「悩《なや》んでいる時間はないわ。人の命がかかっているのよ。私はもう、目の前で誰《だれ》かが亡くなるところを見たくない」

　ロゼッタはレオを見上げる。

「お前ら言い争ってる場合か！　医者を呼ぶんじゃなく院長先生を運べ。呼びに行って来てもらうと時間が掛かるだろ。貴族のこの人がいれば、きっとすぐに診《み》てもらえる」

　突然聞こえた男性の声に、ロゼッタはびくりとする。声の主は短髪《たんぱつ》で厳《いか》つい顔立ちの青年だった。誰だろうという疑問がありつつも、今はそんなことに引っかかっている場合ではない。医者と言えば来てもらうものだとばかり思っていた。けれど、確かに青年の言うとおりに運び込んだ方が早い。

「そうね、運びましょう。レオ、手を貸して」

「はい。ロゼッタ様」

　レオが院長先生をおぶってリヤカーまで運ぶ。そして年長の子数人と共に、医療院《いりょういん》まで運んだのだった。

　医療院に着くとすぐに診てもらえた。待っている間、子ども達は疲《つか》れて眠《ねむ》ってしまったので待合室はとても静かだった。

「あ……レオ、養護院に残った子達は大丈夫かしら？　慌《あわ》てて出てきてしまったから」

　幼い子もたくさんいたのだ。急に院長先生がいなくなって泣いてはいないだろうか。

「大丈夫ですよ。エルベルトさんって、あのちょっと強面《こわもて》の男の人ですけど、あの人が帰ってきたんで。あの人がいればみんな言うことを聞きます」

「そう、あの方は養護院の先生なの？」

「正確には先生ではないですが、先生みたいなものですね。あそこで育った人で、都合を付けては頻繁《ひんぱん》に顔を出していますから」

頼《たよ》れる大人がいなくて子ども達が困っていたらどうしようかと思ったが、ひとまず安心のようだ。ロゼッタがほっとしていると、そこに外套《がいとう》を着た青年が歩いてきた。帽子《ぼうし》を取りながらロゼッタに向かって話しかけてくる。

「おや珍《めずら》しい。こんな小さな医療院に妖精《ようせい》が迷い込んでくるなんて」

「あの、妖精とは……私のことでしょうか」

「ええ、そうです。こんな妖精のように美しい人は初めてお会いしました。お名前を伺《うかが》っても」

レオが青年の前に割り込む。

「失礼ですが、我が主に何か御用でしょうか」

「いえ用というわけでは。ただ美しい人に会ったら、お近づきになりたいと思うものでしょう」

「では、まずそちらから名乗ったらいかがです？」

二人の間に火花のようなものが見えた気がした。およそ医療院にふさわしくない雰囲気《ふんいき》だ。しかも会話がうるさかったのか、子ども達も目を覚まし始めた。眠そうに目をこすっている。

「やめてください。ここは言い争うような場所ではありません」

「お嬢《じょう》さんの言うとおりだ、静かにしなさい。病人がいるってのに」

診察室《しんさつ》から出てきたのは、初老の丸い眼鏡《めがね》をかけた男の人だった。

「老先生だ。院長先生は？」

子ども達が駆け寄っていった。

「大丈夫だ。しばらくは安静にしなくちゃならんがね」

「悪い病気とかじゃない？」

「あぁ、疲れが溜《た》まってただけだ」

老先生は大きくうなずき、子ども達の頭を撫《な》でる。

「会ってもいい？」

「もちろん。でも騒《さわ》ぐなよ」

「はーい」

子ども達は老先生と入れ替《か》わりで部屋に入っていった。

残されたロゼッタとレオを見て、老先生が話があると小声で告げてくる。その様子に、ごくりと息をのむロゼッタだった。

別室に移動すると、まずはロゼッタに対して老先生が謝ってきた。

「うちの若いのが変なことを言って悪かったね。あいつは研修で来てる医師なんだ。腕《うで》は良いんだがどうも女性に対して軽くてね。問題を起こさなきゃいいんだが」

「私は気にしていませんわ。それに、私の正体を知ったら近づいてこないでしょうし。大丈夫ですよ」

「あなたの正体？」

「ええ。私、ロゼッタ・フェリオ・レンティーニと申します」

「……あぁ、なるほど。じゃあ、あのご婦人のことを説明するけどいいかい？」

老先生はぴくりと眉《まゆ》を動かしたが、すぐに本題に入っていった。

「疲れが溜まってただけ、とさっきは言ったが溜まりすぎだ。睡眠《すいみん》不足に栄養失調。おそらく心労が多くて眠れず、食欲もなかったんだろう。安静にしていればじきに治るが……高齢《こうれい》だからね。弱っている今、風邪《かぜ》でも引こうものなら命取りになる」

「そこまで弱っていらっしゃるのですか？」

ついさっきまで穏《おだ》やかに笑っていたというのに。信じられないほどの精神力だ。

「そうだな。あそこの養護院は個人で運営しているから。何かと大変なんだろう。そこでだ、君達にはご婦人を説得してもらいたい」

「説得、ですか？」

「あのご婦人、入院せずに帰るって言いだしてる。医者としては到底《とうてい》認められん」

「まぁ、それはいけません。ゆっくり静養していただかなければ」

無理をしてアントニオのように体調を悪化させてはいけない。ロゼッタに使命感が生まれる。

老先生に入院の手配をお願いしたあと、院長先生のもとへと向かった。

院長先生はベッドから出て今にも帰ろうとしていた。

「院長先生。待ってください」

ロゼッタは慌てて院長先生に駆け寄る。

「老先生が何かおっしゃったのね。でも、わたしは帰りますよ」

「いけません。今はゆっくり休むことこそが重要です」

「そうは言っても、子ども達をほうってはおけません。不安定な子もいるんです。ちゃんと見ていてあげないと」

すると、レオがすっと前へ出てきた。

「エルベルトさんがちょうど帰ってきました。だから大丈夫《だいじょうぶ》です」

「そうは言っても、エルベルトにすべて押しつけるわけにも……」

院長先生はそれでも戻《もど》りたそうにしている。

「短い時間しか見ていない私でも分かりました。院長先生は子ども達にとって必要な方です。だからこそ、今のうちにゆっくりと休んで欲しいのです。体調が悪化してからでは取り返しがつきません。どうか子ども達のために入院をしてください」

ロゼッタは頭を深々と下げた。

「あなたに、そこまでされたら……。分かりました。その代わり、わたしの不在中にもし養護院に何かあったら手を貸していただけますか？」

「もちろんです！」

ロゼッタは頭を上げつつ勢いよく答える。そんなロゼッタを見て、院長先生は何故《なぜ》だかまぶしそうに微笑《ほほえ》んだ。


子ども達を養護院へと送り届け屋敷《やしき》に戻る道すがら、レオがふと足をとめた。

「どうしたの、レオ？」

「あの、ありがとうございました」

「私、お礼を言われるようなことは何もしていないわ」

レオが弱々しく首を横に振《ふ》った。

「院長先生を説得してくれたことです。いや、それだけじゃないな。ロゼッタ様が今日養護院へ行ってくれたから、院長先生は助かったと思うんです。俺達があの場にいなかったらどうなっていたか」

「でもエルベルトさんが帰ってきたし、私がいなくてもなんとかなったわ。むしろ、おろおろするばかりで申し訳なかったもの」

レオが今度は強く首を横に振った。

「違《ちが》うんです。ロゼッタ様は気付いてないでしょうけど、医療院だって、ロゼッタ様がいるからすぐに診《み》てくれたし、入院だって勧《すす》めてくれた」

「どういうこと？　老先生だったら、病人を差別するようなことはしないと思うわ」

「そう……ですね。今の発言は老先生を侮辱《ぶじょく》するものでした。ですが、貴族という身分のあるあなたが一緒《いっしょ》にいたから、金銭面での安心感を与《あた》えたのは確かです。だから……」

レオの瞳《ひとみ》が苦しそうに揺《ゆ》れる。

院長先生が倒《たお》れたことがよほどショックだったのだろう。普段《ふだん》しっかりしていても、レオは年下の青年だ。こういうときこそロゼッタが支えなければと思った。

「レオ、大丈夫よ。院長先生はゆっくり療養《りょうよう》すれば体調は戻るわ。だから、院長先生が安心して休めるように私達でできることをしましょう」

「ま、まさか、ロゼッタ様。養護院にまた行く気ですか？」

レオがぎょっとしたように目を見開いた。

「もちろんよ。院長先生に頼《たの》まれたじゃない」

「いや、それは何かあったときという意味であって――」

レオがくどくどと細かいことを言い始めた。それを流し聞きつつ、ロゼッタは明日《あした》からの日々を思い描《えが》きながら屋敷に戻るのだった。

翌日、パメラに渋《しぶ》い顔をされつつロゼッタは屋敷を出てきた。

「ロゼッタ様、よくパメラさん許してくれましたね。さすがに二日連続での養護院は反対されるかと思っていました」

「そこはちゃんと説得してきたわ。養護院に行きがてら、アントニオ様の残した手がかりがないか探してくるって」

「なるほど。それならパメラさんもダメとは言えないか」

パメラとの約束を守るべく、アントニオと行ったことのある場所に寄りながら養護院を目指した。結局、手がかりは何もなかったけれど。

そして養護院に到着《とうちゃく》し、敷地に足を踏《ふ》み入れると何かが飛んできた。当たると思った瞬間《しゅんかん》、レオに腕を引かれたお陰《かげ》で当たることはなかったが。通り過ぎて地面に落ちたものをみると泥《どろ》団子だった。

「出てけよ！」

「お前が来たから院長先生が病気になったんだ」

「そうだ。やっぱり悪魔《あくま》だ」

昨日は笑顔《えがお》でお菓子《かし》を食べていた子達が、ロゼッタを睨《にら》んでいた。

子ども達にはそう見えたのだ。ロゼッタがいきなり来て、そしたら院長先生が倒れてしまった。つまりロゼッタが来たから院長先生が倒れたのだと。

またアントニオのときと同じだ。自分のせいでもないのに、自分のせいになってしまう。

「ロゼッタ様はそんな人じゃないって言ってるだろ。それに、俺がもし悪魔だったら院長先生じゃなく、お前らみたいな悪ガキを狙《ねら》うけどな。ほらよく言うだろ、子どもの魂《たましい》の方が悪魔にとっては美味《おい》しいって」

レオが両手を上げて子ども達をおどしている。

「そ、そそそんなの、作り話だろ！」

「じゃあなんで、ちょっとちびりそうになってんだよ」

「うるさい！　レオ兄ちゃんのばーか」

子ども達は悪態をつきながら散らばっていった。

「ロゼッタ様、すみませんでした」

「いいのよ。自分で言わなきゃいけなかったのよね。違うなら違うって、ちゃんと」

院長先生がいなくなったことで子ども達は不安だろう。それを少しでも和《やわ》らげたいと思っていたけれど、逆効果だったのだろうか。少し自信が無くなってしまう。

そこに芳醇《ほうじゅん》な香《かお》りが漂《ただよ》ってきた。

「そうだ、バラ園があったんだわ」

誘《さそ》われるようにバラ園の方へと足が動いた。

実際に見ると、養護院のバラ園はかなりみすぼらしい。茎《くき》は細く、葉には黒点が出ているものもあるし、花の数も少なく大きさも小ぶりだ。雑草も生え放題で、養分が奪《うば》い取られているせいか全体的に元気がない。けれど香りが素晴《すば》らしいのだ。これを使わない手はない。

「レオ、私は子ども達と顔を合わせるのはやめておくわ。不安にさせてしまいそうだもの」

「じゃあ、もう帰りますか？」

レオの問いに、ロゼッタは気合いを入れて答える。

「いえ、ここのバラ園の手入れをします」

「え……ロゼッタ様、今日も朝から屋敷のバラ園にいましたよね。さらにやるんですか？」

「そうよ。私が自信を持ってできることはバラの世話だけだもの。バラを使って養護院のために何かできることがあると思うの」

例えば香りの強いバラは香水などの加工品を作るのに最適だ。うまく作れれば売り物になるかもしれない。少額かもしれないが運営の足しになるはずだ。

「これは世話のしがいがあるわね」

ロゼッタは腕《うで》をまくり、詳《くわ》しくバラの状況《じょうきょう》を確認《かくにん》し始める。するとレオがどこからか帽子《ぼうし》を持ってきた。屋敷にあるような帽子ではなく、麦わらで編んだ帽子だった。ところどころ穴が開いていて、麦わらがぼさぼさと飛び出ているが。

「こんなものしかありませんが被《かぶ》らないよりマシです。あと必要かと思って手袋《てぶくろ》とハサミも持ってきました」

そう言うなり、ロゼッタの頭に帽子を問答無用で被せてくる。

「ありがとう、レオ。やっぱり頼《たよ》りになるわ」

ロゼッタはまず咲《さ》き始めたばかりのバラを二十本ほど切った。

「そのバラ、どうするんですか？」

「せっかく咲いているのだから、綺麗《きれい》なものは養護院で飾《かざ》ったら良いと思うの」

「なるほど……誰《だれ》もこのバラ園に興味がないので、咲いてることすら知らないだろうし。いいかもしれないです」

「じゃあ、お願いね。私は建物に入れないからレオが飾ってきて」

咲いているのに気付いてもらえないなんてバラ達が可哀想《かわいそう》だ。いや、可哀想なんてロゼッタの勝手な思い込みかもしれないが。でも、人の手でここに植えられて根を生やしているのだから、やはり見てあげて欲しいと思ってしまう。

そのあとは咲き終わったバラをすべて摘《つ》む。使えそうなものと、枯《か》れ果てて使えないものとを分けながら作業を進めた。その間、レオはロゼッタの横にいたりいなかったり。おそらく子ども達の様子も見ているのだろう。

「ロゼッタ様、終わりませんか？　そろそろ戻《もど》らないと屋敷に着く前に日が暮れてしまいます」

「まぁ、そんな時間？　じゃあ片付けて帰りましょう」

「このバラの花びら、分けてありますけどどうするんですか？　捨てて良いんでしょうか」

レオが花びらの前で首を傾《かし》げている。

「捨てたらダメよ。枯れて茶色の方は捨てて良いけど、まだ赤い方は使い道があるから」

「使い道？　分かりました。持って帰ります？」

「いいえ、明日も来るから夜露《よつゆ》に濡《ぬ》れない場所に置いておきましょう」

ロゼッタの言葉に、レオの目がすっと細くなった。

「……もしかして、毎日来るつもりですか？」

「そのつもりだけど」

「……はぁ、分かりました。じゃあもう片付けて今日は帰りましょう」

レオは疲《つか》れたとばかりにため息をついた。

ロゼッタに付き合わせて毎日外出するのは、レオも疲れるかもしれない。今のところ誰かが襲《おそ》ってくる気配はないけれど、懸賞金《けんしょうきん》をかけられているのは確かだし。

「レオ、付き合わせてしまってごめんなさいね。感謝しているわ」

「いえ……俺の方こそ、養護院に心を向けてくださってありがとうございます」

お互《たが》いに感謝を言い合い、何となく面白《おもしろ》くなって二人で笑った。子ども達には受け入れてもらえていないけれど、誰かのために動いたという疲労感《ひろうかん》が心地《ここち》よかった。

翌日も鍵《かぎ》の手がかりを探しながら養護院へと向かった。今日も天気が良いから、昨日摘んだバラの花びらを乾燥《かんそう》させるにはもってこいの天候だ。ロゼッタは養護院に着くなり持ってきた大きな布を地面に敷《し》き、バラの花びらを広げる。なるべく重ならないように調節した。

それが終わるとバラ園の中に入り、黒点の出ている葉を地道に摘み始める。すると、子ども達が布のまわりに遠巻きに集まり始めた。どうやら興味があるようだ。声をかけたい衝動《しょうどう》に駆《か》られたが、幼い子などは本当にロゼッタのことを悪魔だと思っているかもしれない。怖《こわ》がらせるのが怖くて、ロゼッタは我慢《がまん》する。

無心で作業していると、十歳くらいの男の子が一人やってきた。

「どうしたの？」

恐《おそ》る恐る声をかけてみると、男の子はびくっとしたもののゆっくりと近寄ってきた。

「お姉さんは、何してるの？」

「今はこういう黒くなっちゃった葉っぱを取ってるの。これは病気の葉っぱだから」

ロゼッタは見えやすいように、葉っぱを男の子の前に出す。

「ふーん。じゃあ、あっちのやつは？」

男の子は布に広げたバラを指した。

「あれはね、ポプリを作ろうと思って」

「ポプリ？」

知らないのか男の子は首を大きく傾げた。その様子が愛らしくて思わず頰《ほお》が緩《ゆる》む。

「そう、乾燥させて袋《ふくろ》とかにつめるの。そうすると、バラの香りのする匂《にお》い袋が完成するわ」

「へぇ。面白そう。僕もやってみたい」

男の子は瞳《ひとみ》を輝《かがや》かせた。好奇心《こうきしん》が旺盛《おうせい》な子のようだ。

「……手伝ってくれるの？」

「いいよ！」

「じゃあ、頼《たの》もうかしら。そろそろ均等に乾燥するように掻《か》き混ぜようと思っていたの」

うきうきとしながら、男の子と一緒《いっしょ》にバラの花びらの方に向かう。

初めて心を開いてくれた男の子と一緒に作業していると、一人二人と人数が増えてきた。少しずつだが受け入れてもらえていることに、感動するロゼッタだった。

作業を始めて三日目、ロゼッタは街の人達に囲まれていた。院長先生が倒《たお》れたと聞きつけ街の人々が手伝いに来たのだ。するとロゼッタが養護院でうろうろしているので、波紋《はもん》が広がったというわけだ。

「貴族のお嬢《じょう》さんが、こんなところで何やってるんですかね」

筆頭で睨《にら》み付けてくる人物は、商人組合の組合長だった。立派な口ひげを蓄《たくわ》え、少しくたびれた雰囲気《ふんいき》のおじさんだ。

「あの、ここで、お手伝いを少々」

街の人に囲まれ、ロゼッタは怖々《こわごわ》と返事をする。

「手伝い？　あのね、ここは居場所のない子ども達の最後の受け皿なんだ。あなたの気まぐれで好き勝手に掻き回して良い場所じゃないんだよ」

「それは理解した上で邪魔《じゃま》にならないよう、自分にできることをやらせていただこうと思っています。私のことは貴族だと思わず、労働力の一人として思っていただければ良いのです」

「は、貴族だと思わず？　貴族扱《あつか》いしなくていいってんなら、今すぐ殴《なぐ》ってやりてえよ！」

組合長が大声を出した。わなわなと握《にぎ》りしめた拳《こぶし》が震《ふる》えている。

すると子ども達が数人ロゼッタの前に飛び出てきた。みんな一緒に作業した子達だった。

「お姉さんをいじめないでっ」

ロゼッタを守るように、街の人達に向かって並んでいる。

「え、いや、おじさん達はいじめてるわけじゃなくて……まいったな」

組合長が頭を掻いている。

「お姉さんははじめ悪魔《あくま》かと思ったけど、話したら怖くなかった。優《やさ》しい匂いがする人だよ」

「おじさん達と同じように、おいら達と一緒に作業してくれるよ。全然悪い人じゃない」

子ども達が口々にロゼッタを庇《かば》う言葉をつむいでいく。

「な、なんか、調子狂《くる》うな」

街の人達は毒気を抜《ぬ》かれたような顔で、お互いを見合っていた。

子ども達に守られているなんて情けない。自分でちゃんと伝えなくては。ロゼッタは大きく息を吸って、一歩前に歩み出た。

「私に関して様々な噂《うわさ》が飛び交《か》っているのは知っています。ですが、今ここにいる私を見ていただきたいのです。私はここで養護院の皆《みな》さんのためできることをしたいと思っています。ですから、どうかここにいることをお許しください」

ロゼッタは頭を下げた。すると街の人々からざわめきが起こる。

「まぁ、その、頭を上げてください。俺達もいきなり突《つ》っかかって申し訳なかったです」

組合長が気まずそうに言った。

「いえ、今までいなかった人物がいきなりいたら驚《おどろ》くのは当然のことです。これから一緒に養護院のお手伝いをしてもよろしいでしょうか」

「あ、いや、それはもちろん。あなたがやりたいというならば」

組合長の雰囲気が和《やわ》らいだ。

「はい。やりたいです！」

ロゼッタは嬉《うれ》しいと共に反省もしていた。こうやって受け入れてもらおうと動けば、理解してもらえるのだと分かったから。だから今、少しずつだけど認めてもらえて嬉しい。けれど、裏を返せば自ら伝える努力をしてこなかったから、あんなにも疎《うと》んじられて孤独《こどく》だったのだ。

孤独で寂《さび》しかったのは自分のせい。それが分かっただけでも、ずいぶん前に進めた気がした。

第五章　先に待ち受けるもの

ロゼッタは持ちうる限りの知識を引っ張り出し、バラの加工品を作ろうと考えていた。一番簡単なのはバラの花を乾燥させたポプリだ。次に作ろうと思っているのはジャムだが、これはロゼッタよりもレオに任せた方が良いかもしれない。ロゼッタでは変な味になってしまう可能性が高いから。ただ、ゆくゆくはローズティーや香水《こうすい》も作ろうとロゼッタは計画している。

そのことを手伝いに来てくれた組合長に話したところ、協力してくれると言ってくれた。各々《おのおの》の家で使ってない空《あ》き瓶《びん》や余り布などを集めてくれたのだ。

「ロゼッタ様、袋を縫《ぬ》い終わりました。こんな感じで大丈夫《だいじょうぶ》ですか？」

レオが手のひらサイズの小さな巾着袋《きんちゃくぶくろ》を差し出した。

「まぁ完璧《かんぺき》よ。レオは本当に何をやらせても上手だわ」

「ロゼッタ様の巾着袋は不思議な形ですね。これはこれで面白いと思います」

「レオ、それは褒《ほ》めてるの？　貶《けな》してるの？」

どっちだとロゼッタは詰《つ》め寄る。するとレオは慌《あわ》てたようにしゃべり始めた。

「褒めてますよ。ほら、なんだかハート形に見えなくもない。いっそハート形ってことにしたら、逆に喜ばれるんじゃないですか」

　レオの苦し紛《まぎ》れの提案だったが、意外と的を射ている気がした。

「確かに。巾着袋の方が、香《かお》らなくなっても中身を出して袋が使えるから良いかと思ったけれど。もし贈《おく》り物にするなら可愛《かわい》らしい方が喜ばれるかも。良い案だわ。ありがとう、レオ！」

「ロゼッタさま、僕もできたよー」

　最初に手伝いを申し出てくれたルカが、体当たりするかのように抱《だ》きついてきた。

「こら！　ロゼッタ様に乱暴に引っ付くな」

　レオがルカにげんこつを入れようとするので、庇うようにルカを抱きしめた。

「レオ、大丈夫よ。ルカは私に早く見せたかったのよ。嬉しいじゃない」

「そーだ。レオ兄ちゃんはいちいちうるさい。いっつも一緒なんだから、ここにいるときくらいあっちに行けよ」

　ルカがロゼッタのスカートをぎゅっと握りしめている。院長先生がいないから、温《ぬく》もりに飢《う》えているのだろう。ロゼッタはルカの頭をそっと撫《な》でる。

「くっ……もう怒《おこ》らないから、ルカは離《はな》れろ」

　レオが歯を食いしばって、何かを耐《た》えているような顔をした。

「えー、僕もう少し引っ付いてたい。だってロゼッタさま甘い匂いがするもん」

「そう？　香水はつけてないのだけれど。毎日バラに触《ふ》れているからかしら」

「あーもうむり、だめ。ルカ、そこまでだ」

レオが問答無用でルカの首根っこを持って引きはがしてしまう。そして、ルカを持ったまま歩いて行ってしまった。

「どこに行くのかしら？」

ロゼッタは首を傾《かし》げながら、次にやってきた女の子の相手をするのだった。

様々な色や形をした袋ができた。そこに乾燥《かんそう》させたバラの花びらを入れて、リボンで結んだら完成だ。初めて作ったがなかなかの出来だと思った。これならきっと買ってくれるはず。

数日後に街で定期的に開かれているバザーがある。組合長が手配してくれて出店できることになったのだ。バザーで作ったものがちゃんと売れると分かれば、養護院の資金源の一つになると証明できる。

それにバザーに参加することで、街の人々の様子を肌《はだ》で知ることができるだろう。ロゼッタに必要なのはまず知ることだ。見てこなかったものを、見て学ぶことが第一歩なのだと思う。これが必要だろうと勝手に考え、不要なものを押し付けても、街の人々は喜ばないと思うから。

バザー会場は街の広場で、それぞれ与《あた》えられた区画に敷《し》き布を広げたり、小さな棚《たな》を配置したりして売り物を並べている。お客はそれを眺《なが》めて目を引くものがあったら立ち止まり、バザーの醍醐味《だいごみ》ともいえる値引き交渉《こうしょう》などをするのだ。値切る声があちこちから聞こえるほどバザーは盛況《せいきょう》だった。けれどロゼッタは浮《う》かない顔をして座っている。

「ロゼッタさま、ぜんぜん売れないね」

ルカが暇《ひま》そうに言う。

「そうね……」

明らかに人が近づいてこない。ロゼッタの姿を見ると、避《さ》けて別の店に行ってしまうのだ。自分のせいで遠ざかっている。そのことに申し訳なさが募《つの》る。

「ルカ、カイン、私はちょっと席を外すわね。レオに任せ……レオはどこに行ったのかしら？」

さっきまですぐ後ろにいたはずなのに、レオの姿が見えない。

「レオは不審《ふしん》な人物を見かけたと、あっちに行きましたよ」

エルベルトが何か布を手に持って現れた。今日は幼い子ども達と養護院で留守番をしているはずだが、もしかして心配で見に来たのだろうか。

エルベルトは普段《ふだん》は外で出稼《でかせ》ぎをしているが、出稼ぎが一段落すると養護院に戻《もど》ってきて、いろいろな雑務をこなしているそうだ。たまたま戻ってきたときに院長先生が入院してしまったので、エルベルトは出稼ぎに行くのを中断して子ども達の面倒《めんどう》を見ている。

「不審な……まさか」

懸賞《けんしょう》金狙《ねら》いだろうか。こんな人目が多いところで狙ってくるとは思えないけれど。

「バザーでいろんな人が集まっていますから。気にしすぎだと思いますがね。それよりロゼッタ様、これを」

「これは？」

差し出された布に見覚えはない。

「少しの間見てましたけど、ロゼッタ様のせいで全く売れていません」

「そ、そうですよね。なので街の人達から嫌《きら》われている私は席を外そうかと」

「いや、たぶん違《ちが》う理由です。あなたが噂の悪女だと知って避けられているわけじゃない。会ったことがあるならまだしも、街の誰《だれ》も彼《か》もがあなたの顔を知っているわけない。名乗らない限り分かりませんよ。つまりその恰好《かっこう》です。貴族の女性がこんなところにいきなり座ってたら、そりゃ遠巻きにもされます」

エルベルトは普段寡黙《かもく》でほとんどしゃべったことがない。はじめてこんなにしゃべっているところを見たくらいだ。にしても、はっきりと言ってくれる。

今日の服装はパメラに着させられた外出着だった。本当は養護院に出向く恰好にしたかったのだが、パメラに押し切られたのだ。

「外ではちゃんとした恰好をしろと家の者に言われたので」

「だとしても浮いてますよ。この場所にそぐわない」

エルベルトが手に持っていた布を広げた。それは古びたショールだった。

「これを羽織って、あとは庶民《しょみん》ぽく髪《かみ》を束ねてください。そうすれば貴族感は薄《うす》れるはずです。

さぁ頑張《がんば》って売ってくださいよ」

エルベルトは少しだけ唇《くちびる》の端《はし》を上げた。貴重な笑顔《えがお》かもしれない表情にロゼッタは驚く。

「エルベルトでも、笑うのね」

ロゼッタは目を丸くしながらショールを羽織り、髪をゆるく束ねた。

すると避けていく人の流れがなくなり、そのままロゼッタ達の方へと来始めたのだ。

「養護院に咲《さ》くバラで作ったポプリです。いかがですか」

ロゼッタは子ども達と一緒《いっしょ》になって声を出す。すると親子連れが足を止めてくれた。

「可愛い。ねえ、このハートのやつ欲《ほ》しい」

女の子が指したのは、ロゼッタが作ったものだった。

「じゃあ、これと、お留守番しているお姉ちゃんの分でもう一つ買っていこうかしら」

そう言って二つも買ってくれた。初めて売れたことに感動していると、次々に人が立ち止まるように。気が付くとすべて売れていた。

完売に喜びながら片付けていると、黒い革靴《かわぐつ》が目の前で止まる。

「ロゼッタ、ここにいたのか」

頭上から声が振《ふ》ってきた。顔を上げると、そこには驚《おどろ》いたような表情のイヴァンがいた。

「まあ！　イヴァン様もバザーに？」

「いや、君の顔を見に行こうと思って屋敷《やしき》に行ったんだ。そしたら侍女《じじょ》にここだと教えられて」

「わざわざ会いに来てくださったのに、不在で申し訳ありませんでした」

イヴァンの顔を見たことで、懸賞金のこと、鍵《かぎ》のこと、ダニエラのことが脳裏《のうり》に浮かぶ。もちろん忘れているわけではなかったし、鍵も養護院の活動の合間に捜《さが》してはいた。けれど特に進捗《しんちょく》がなかったのだ。つまり置かれている状況はまったく良くなっていないということになる。

さっきまでのふわふわとしていた気分が急降下するのを感じた。そうだ、浮《うわ》ついている場合ではないのだ。

「その、私の方はまだ何の進展もなくて」

子ども達の前で懸賞金がどうのと話すわけにもいかず、暗に鍵は見つかっていないと告げる。

「いや、いいんだ。僕の方も手詰《てづ》まりになっててね。何の報告もできないのに会いに行くのも気が引けたんだが、前に会ったとき落ち込んでいたようだったから心配していたんだ。でも、今の様子からすると心配はいらなかったかな」

「はい、いえ……どちらでしょうね、自分でもよく分かりません」

養護院の手伝いは楽しいし、この活動のお陰《かげ》で少しずつ街の人々にも受け入れてもらっている実感はある。けれど、実際に役に立っているかというとどうだろうか。ロゼッタがいてもいなくても、たぶん何も変わらないだろう。

「自分にもできることがあればしたいと思い、今は鍵を捜すのと並行して養護院でお手伝いをしております。ですが、私だけが元気をもらっていて、なんだか申し訳ない気持ちです」

「養護院？　もしかして頻繁《ひんぱん》に屋敷から出てきているのかい」

イヴァンが眉《まゆ》を寄せた。心配そうな表情に、ロゼッタは慌《あわ》てて理由を付け加える。

「ええ。ですが今のところ危ないことはありませんし。それに鍵を見つけなければ根本的な解決にはなりませんが、何かしなくては領民のみなさまの暮らしは苦しいままですから」

「ロゼッタ、君って子は……。一人きりになって落ち込んでいるかと心配していたけれど、前を向いて進んでいたんだね。素晴《すば》らしい、君の勇気ある行動を称《たた》えるよ。どんどん自分の思うように頑張ってみるといい。僕は君の味方だから」

昔からイヴァンはちゃんと話を聞いてくれ、背中を押してくれる人だった。それは今でも変わっていない。イヴァンの激励《げきれい》に、そして認められたことに胸が喜びにあふれた。

「あとは、確かレオだったかな。君がロゼッタに付いているんだったね」

イヴァンの視線がロゼッタの後方に移動した。つられるように後ろを見ると、いないと思っていたレオがいた。いつの間に戻ってきたのだろうか。

「はい」

レオは、びっくりするほどの無表情をイヴァンに向けている。

「ちゃんとロゼッタを守れるのかい」

「守れます。現に、ロゼッタ様はかすり傷ひとつ付けられていません」

レオは淡々《たんたん》と、だけどちょっと得意げに唇を引き上げてイヴァンの問いに答えている。

「なるほど。それなら安心だが、くれぐれもロゼッタのことを頼《たの》むよ」

「承知しました」

レオは背筋《の》を伸ばして一礼した。


イヴァンとの話が一段落すると、カインが駆《か》け寄ってきた。バザー会場である広場の一角で、カーニバルの目玉を作成中だという。それを見に行こうと誘《さそ》われ、カインに手を引かれて移動した。後ろからもちろんレオが、そしてイヴァンもついてくる。

制作中のモニュメントの前に着いた。まだ骨組みの状態だったが見上げるほど大きい。

「まぁ、すごく大きいのね」

「ロゼッタさまはカーニバル見たことないの？」

カインが驚いたように聞いてきた。

「遠目に見たことはあるのですが、近くではなくて。目玉の塔《とう》がこんなに大きいなんて驚きました」

この国では領地ごとにカーニバルが行われている。年に一回、人々が日常を忘れてはしゃぐ日だ。色とりどりの華《はな》やかな衣装《いしょう》を着て、街を踊《おど》りながら練り歩く。歩く人々をさらに盛り上げるように、広場にメインのモニュメントの塔が制作されているのだ。

「ロゼッタさまも作ろうよ。飾《かざ》りは誰でも作っていいんだよ」

カインに手を引かれ、道具置き場に移動する。

骨組みの残りの材木が転がり木箱がいくつも置かれ、その中には絵の具、ハケ、大きなハサミなどなど、道具がこぼれんばかりに放《ほう》り込まれている。雑な片付けだが、それが逆に活気ある風景に思えた。

カインが積まれた材木に座ったので、ロゼッタはその隣《となり》に座る。

ロゼッタは教わりながら飾りに使う花作りを始めた。カインは色とりどりの端布《はぎれ》を、器用に花びらに見えるように折り重ねて整えていく。それを見ながらせっせとロゼッタもマネをして作る。しかし、ぜんぜん花に見えない。カインの手にかかった端布は、可憐《かれん》なバラに変貌《へんぼう》を遂《と》げていたが、ロゼッタの手には巻かれた布があるだけだった。

「ロゼッタ様、超絶《ちょうぜつ》に不器用ですね。バラの手入れはあんなに手慣れているのに」

レオが笑いをかみ殺したような顔で覗《のぞ》き込んできた。

「笑わないでよ、レオ」

「笑ってないですよ」

レオはそう言うが、唇がむにゅむにゅと動いている。

「嘘《うそ》、口元が隠《かく》し切れてないわよ」

「バレましたか」

「酷《ひど》いわ、レオ。笑うくらいなら、レオはもっと上手に作れるのよね」

ロゼッタは端布をレオに押しつける。するとレオはあっという間に布を折って巻いて、カインの作ったものと遜色《そんしょく》ないバラを作ってしまった。

「わ、私だって、練習すれば上手《うま》くなるわ。カイン、コツを教えてちょうだい」

「えー、コツなんてないよ。ぺっと折って、ぴゃっと巻く。これを繰《く》り返すだけ」

擬音《ぎおん》だらけでまったく分からない。でも「ぺっ」「ぴゃっ」と呟《つぶや》きながらロゼッタはせっせとバラを作るのだった。

「ロゼッタは、やっぱりフェリオ子爵《ししゃく》の娘《むすめ》なんだね」

側《そば》で見ていたイヴァンが、しみじみとした口調で話しかけてきた。

「急にどうしたのですか？」

イヴァンの言ったことの意味が摑《つか》めず、ロゼッタは首を傾《かし》げる。

「諦《あきら》めず、正しくありたいと行動できる。僕がフェリオ子爵の尊敬しているところだ」

「確かにお父様はお人好《ひとよ》しで騙《だま》されたりもしましたが、自分の正義を貫《つらぬ》こうとする立派な方でした。でも、そんなお父様と私が似ているだなんて……」

信じられないと思った。だってロゼッタはすべてを諦めていた。生きるのを諦めて、死んでもいいくらいに思っていたのだ。流されまくって自分の意思などどこにもなかった。

「この前会ったときの君と今の君は、僕には別人のように見える。正直驚いてるよ」

「でも、こうして動き出せたきっかけはイヴァン様ですわ」

ロゼッタは手を止めて、イヴァンを見上げた。

「僕？」

「ええ、イヴァン様が会いに来てくれて、背中を押してくれたんです。そしてレオが一緒《いっしょ》に歩んでくれた。あのときの私はアントニオ様を亡《な》くして、どこを目指して歩いていいのかも分からなくて、何かをしなければいけないとも思ってなくて……すべての感覚が止まっていた気がします。ですから、きっかけをくださったイヴァン様には感謝しています」

ロゼッタはバラもどきを膝《ひざ》に置くと、イヴァンに向けて頭を下げた。

「レオが君を……」

イヴァンの声が少し低くなった気がした。

「どうされました？」

「いや別に。ただ、本当にレンティーニ家は再興するかもしれないね」

イヴァンの呟きが風に吹《ふ》かれる。

「ええ、そのお手伝いをしたいと、今は本気で思っています」

ロゼッタは決意を込《こ》めて、イヴァンに言った。

数日後、ロゼッタは養護院のバラ園から作った花束を持って、医療院《いりょういん》へ向かっていた。院長先生へのお見舞《みま》いのためだ。だが医療院でも手伝えることがあれば、是非《ぜひ》とも手伝いたいと思っている。

「ご機嫌《きげん》ですね、ロゼッタ様」

隣を歩くレオが不思議そうに聞いてきた。

「ええ、だって私の唯一《ゆいいつ》の取り柄《え》はバラ園の世話なのよ。養護院のバラも手入れをすれば、もっと綺麗《きれい》な花を咲《さ》かせるわ。それにポプリをみんなで作った話とかしたら、きっと院長先生は喜んでくださるはず。そう思うとなんだか嬉《うれ》しくて」

「確かに。院長先生は驚《おどろ》く――止まって」

レオが左右を見ながら、ロゼッタを庇《かば》うように前に出た。

「ま、まさか、狙《ねら》われてるの？」

ロゼッタは辺りを見渡《みわた》すが、それらしき人物は見つからない。

「ええ、います」

「バラ園で襲《おそ》われて以来、全然襲ってこなかったのに」

一人にならなければ襲われないのだと、完全に油断していた。

「……そうですね。たぶん、ここは人通りが少ないからでしょう」

レオが言うとおり、今歩いていた場所は店もなく、ただ道があるだけの寂《さび》れた場所だった。

歩いているのはロゼッタとレオだけ。襲う側としては絶好の機会かもしれない。

「ロゼッタ様、あれ見てください！」

レオが左方向を指したので、ロゼッタは左を見た。でも、草むらがあるだけで誰《だれ》もいない。てっきり襲ってきている人がいると思っただけに拍子抜《ひょうしぬ》けだ。

「レオ、誰もいないわ」

「あぁ、すみません。右の間違《まちが》いでした」

右の方向を見ると、刃物《はもの》を持った男性が足を押さえてうずくまっていた。

「あいつが襲ってくるのが見えたのでお知らせしようとしたんですが、右と左を間違えてしまいました」

「え、でも、どうしてうずくまってるの？」

「護身用のナイフを思い切って投げたら、運良く当たったんです。本当に幸運でした。さぁ、あいつが動けない今のうちに走りましょう」

レオは子どもの頃から養護院のみんなと喧嘩《けんか》していたから、強いんですよと言っていた。でも、もしかしたらロゼッタが思っている以上に、レオは護衛としてもすごいのかもしれない。運が良かったとはいえ、一投で仕留めてしまったのだから。

「ロゼッタ様、今日は屋敷《やしき》に戻《もど》りましょう。また新手が狙ってくるといけませんから」

「そ、そうね」

殺し屋を引き連れて医療院に行くわけにはいかない。せっかくバラの手土産《てみやげ》も持ってきたが、今日は諦めた方が良さそうだ。

翌日、出掛《でか》けようと支度《したく》をしているときだった。

「ロゼッタ様、お話があります」

神妙《しんみょう》な表情で話しかけてきたのはパメラだった。嫌《いや》な予感がする。きっと嬉しくないことを言われるに違いないと、ロゼッタは身構えた。

「その恰好《かっこう》からして、今日も出掛ける気ですね」

パメラは腰《こし》に手を当てて仁王《におう》立ちだ。貫禄《かんろく》がありすぎる。

「ダメかしら？　今日は養護院へ行くつもりなのだけど」

ロゼッタは腰が引けつつ、お伺《うかが》いを立てる。

「ダメです。昨日襲われたのを忘れたんですか？」

「忘れるわけないわ」

「だったら、もう気軽に外に行かないでください。今までは人目があるときは襲ってこないようでしたので黙認《もくにん》してきましたが、レオが一緒にいても襲ってきたのならもう許可できません」

「でも、あれは寂れた道だったからよ。養護院へは街中を通るから、賑《にぎ》やかだし大丈夫《だいじょうぶ》だわ」

パメラは腹の底からはいたのかと思うくらい、大きなため息をこぼした。

「これだからお嬢様育《じょうさま》ちはやりづらい。危機感どこに置いてきたのよ。あのね、あたしが言いたいのは、これからは人目があろうとも襲ってくる可能性があるってこと。多少のリスクなら負っても良いと考え始めてるんですよ、奴《やつ》らは」

パメラの口調が今までになく乱暴になった。もしかして、これが本来のパメラの話し方なのだろうか。

「それはそうだけれど。レオがちゃんと守ってくれたわ。大丈夫よ」

「確かにレオは勘《かん》は良いし動きも良い。でも絶対はありえないんです。もし不慮《ふりょ》の出来事が起こって、レオの助けが間に合わなかったら？　ロゼッタ様は殺されてしまうんですよ」

レオはいつも隣《となり》にいてくれるし、今までのことを考えると頻繁《ひんぱん》に襲ってくるとは思えない。

ロゼッタはパメラのいう危機感が、どうしても過剰《かじょう》に思えてならなかった。

「大げさよ。それに鍵《かぎ》がなければ殺しても懸賞《けんしょう》金はもらえないわ。だからすぐに殺されるってことはないと思うの」

「だから、さらわれて鍵を出せって拷問《ごうもん》されるんですよ。耐《た》えられるんですか、痛いですよ？」

「そ、それは……我慢《がまん》するわ」

「我慢って。はぁ、本当に頭痛くなる。レオも何か言ってよ」

パメラの視線が後ろに伸《の》びた。

すると、出掛ける準備をしたレオがやってくる。

「どうかされたんですか？」

パメラとロゼッタの視線を一気に浴びたレオが、不思議そうに首を傾げる。

「ロゼッタ様が今日も養護院に行こうとするから、止めてたのよ」

「あぁ、そういうことですか」

レオが納得《なっとく》とばかりにうなずいた。

「ダニエラ様から手紙が届いたんだけど、懸賞金の額が二倍に上がったらしいの。おそらくそれもあって、殺し屋達の動きが活発になると思うわ。これからは護衛のレオが付いてるからといって、諦《あきら》めるような連中ばかりじゃなくなると思う」

パメラの説明にレオの表情も曇《くも》った。

「それは……まずいですね。あまり高額になると、遠くの領地からも懸賞金稼《かせ》ぎを呼び寄せてしまうでしょうし」

「ほら、レオも言っているでしょう。おいしい儲《もう》け話があるって噂《うわさ》が広がれば広がるほど、ロゼッタ様が襲われる確率が上がるんです。昨日《きのう》襲われたのも、懸賞金がつり上がったからに違いありません。だからもう、気軽に出掛けようとしないでください」

パメラは味方を得たとばかりに、鼻息荒《あら》くロゼッタに詰《つ》め寄ってくる。

「でも……」

「でもじゃありません！　もう仕方ない。こんな言い方したくなかったけど……、鍵が見つかる前にロゼッタ様に死なれると困るんですよ。ダニエラ様が必死にレンティーニ家を立て直そうとしているのに、それができなくなります。だからダニエラ様のためと思って、おとなしく屋敷にいてください」

ダニエラの名前が出てきて、少しだけロゼッタの心が揺《ゆ》れた。ダニエラの迷惑《めいわく》にはなりたくない。でもダニエラのためだけでなく、レンティーニ家のために何かしたいと決意したのはロゼッタだ。ここでおとなしく屋敷に引きこもったら、その決意から早くも挫折《ざせつ》することになってしまう。

子ども達にも約束したのだ。バラの世話の仕方を教えると。バラの加工品を一緒《いっしょ》に作ろうと。それは子ども達との約束なだけでなく、ゆくゆくは子ども達の生きる糧《かて》にもなるはずだ。この国のどこにでもバラは咲いている。バラの世話ができれば、大きなお屋敷で雇《やと》ってもらうこともできるだろう。加工品を作ることができれば、お店を開けるかもしれない。

「それは、嫌だわ」

ロゼッタは呟《つぶや》く。

その呟きに、眉間《みけん》に皺《しわ》を寄せたパメラが反応した。

「は？」

「何もしないで、周りの状況《じょうきょう》に流された結果が今の私よ。過去の私は、もっといろんなことができた可能性があったのに、それをしようとしなかった。むしろいつ死んでもいいとか思っていたの。自ら何も知ろうとせず、考えもせず、動こうとせず。ひな鳥のように安全な巣の中で、寒さに震《ふる》えることもなく、空腹に喘《あえ》ぐこともなく、ぬくぬくと過ごしてきた。でも、もうその巣はないの。だったら巣の外へ飛び出すしかないじゃない。私はできることをしたいの。ただそれだけなのよ」

ロゼッタは思いを伝える。守られるひな鳥の時は過ぎたのだと。

パメラは圧倒《あっとう》されたのか黙《だま》り込んでしまった。代わりに口を開いたのはレオだった。

「ロゼッタ様、言いたいことは分かりますが危ないのは確かです。俺はあなたに仕える使用人ですから、あなたがしたいことには協力します。でも俺自身の意見を言わせてもらえば、パメラさんに賛成です。わざわざ襲《おそ》ってくれと言わんばかりに街をうろつくより、屋敷にいる方が安全ですから」

「レオ？　嘘《うそ》でしょ……レオまでそんなこと言うの？」

「すみません。あくまで俺の意見ですから。ロゼッタ様が今日も養護院へ行くというなら、俺は付き添《そ》いますし、全力でお守りしますよ」

レオは困ったように眉《まゆ》を下げている。そんな表情をされたら、いつものロゼッタだったら折れていただろう。でも、今回ばかりは無理だ。

レオだけは応援《おうえん》してくれていると信じていたのに。裏切られたようで猛烈《もうれつ》に腹が立ってくる。悔《くや》しくて、じわっと涙《なみだ》さえにじんできた。

「レオも、私のやることを応援はしてくれないの？」

すると、レオが大きなため息をついた。

「ロゼッタ様、酷《こく》なことを言いますが、ロゼッタ様のやっていることは根本的な解決にはなりません。表面的な、ほんの一部だけ救ったところで、多くの人々は苦しいままです」

「わ、分かっているわ。偽善《ぎぜん》だと分かってる。それでも、やったことで一人でも救われるのなら、やらないで一人も救えないよりマシだわ」

どれだけ諭《さと》されたとしても、ロゼッタの気持ちは変わらない。やらないで後悔《こうかい》するのはもう終わりにしたいのだ。

「じゃあ、救われなかった奴はどうなるんです？　不公平じゃないですか」

レオの声が急に硬《かた》く、攻撃《こうげき》的な色を帯びた。

「それは……」

「俺は目の前で無残に死んでいく奴を何人も見ました。でも俺は自分のことで精一杯《せいいっぱい》で、助けるなんてできなくて。だから俺からすると、ロゼッタ様の優《やさ》しさは残酷《ざんこく》なんですよ」

レオの厳しい眼差《まなざ》しに、ロゼッタは戸惑《とまど》う。

「残酷？」

「そうです。救われなかった奴らは余計に可哀想《かわいそう》になる。なんで選ばれなかったのか。なんで他《ほか》の奴は選ばれたのか。その違《ちが》いはなんなんだよ！」

こんな心の内をさらけ出すようなレオを、初めて見た。

「ロゼッタ様のやっていることは中途半端《ちゅうとはんぱ》でイライラする。あなたが言ったみんなを助けたいという綺麗事《きれいごと》は、本当に現実になるんですか？」

レオが本音でぶつかってきている。ここはちゃんと逃《に》げずに向き合いたいと思った。

「……なるわ。現実にしてみせる。でも今日明日は無理よ。だからこそ、今日明日の間に辛《つら》い思いをしている子がいたら一人でも助けたい。それは確かにレオの言うように、不公平かもしれない。でも、不公平でも人が一人助かるのよ。それはいけないことなの？」

ロゼッタにはいけないことだとは思えない。助からないよりも助かった方が良い。助けることができるかもしれないのに、助けないのは嫌《いや》だった。

でも、これがレオの本心なのだ。

レオはいつもロゼッタの横にいて、悩《なや》んだり迷ったりするロゼッタに飽《あ》きることなく話を聞いてくれた。一緒にいてくれるだけで勇気が出たのだ。それなのに、勇気をくれたはずのレオにこんなに冷ややかに見られていたなんて……。足下《あしもと》が崩《くず》れるような感覚に襲われた。自分は一人で勝手に踊《おど》っていただけじゃないかと虚《むな》しくなってしまう。

「レオ、今までごめんなさい。もういいわ」

「もういいって、何ですか」

「レオ……」

「無理して私に付き合ってくれなくていいという意味よ。護衛の人を別に用意してもらうわ」

涙が出そうだった。本当はずっと側《そば》にいて欲しい。初めて自分に仕えたいと言ってくれた人だから、ロゼッタにとってレオは特別だ。

でも、レオを不愉快《ふゆかい》な気持ちにさせていると知ったら、そんなわがままは言えないと思った。

「……解雇《かいこ》、ですか？」

心なしか、レオの声が震えている気がした。

「違う、レオは屋敷《やしき》の仕事だけしてくれればいいの。考えてみれば何でも頼《たの》みすぎていたわ」

ロゼッタは涙がこぼれないように、必死で歯を食いしばる。

これ以上、レオの顔を見ていたら我慢《がまん》できそうにない。だから、ロゼッタはそのまま外へと向かって歩き出す。唖然《あぜん》とするレオとパメラを置き去りにして。


ロゼッタは人通りの多い道を選んで養護院に向かっていた。レオに数回呼び止められたが、すべて無視して歩き続けている。顔を見たら泣いてしまうからだ。レオは根負けしたのか、今は黙って後ろを歩いていた。

養護院に着くと、ルカが飛びつくようにやってきた。

「ロゼッタさま、いらっしゃい！」

「こんにちは、ルカ」

挨拶《あいさつ》をすると、ルカがじいっと顔を覗《のぞ》き込んできた。

「どうしたの。目が赤いよ？」

こんな小さな子に心配されてしまった。申し訳なくて、ロゼッタは慌《あわ》てて笑《え》みを浮《う》かべる。

「あぁ、これ？　ちょっと砂が目に入ったみたいで痛くて。でも大丈夫《だいじょうぶ》よ。今日はバラ園のお世話をしましょうか」

「うん。カイン達を呼んでくるね」

ルカが元気よく走っていく後ろ姿を見ていると、レオが横に並んだ。

「さっきは言い過ぎました。すみません。でもロゼッタ様に仕えたいという気持ちは——」

レオの言葉を聞きたくなかった。言い訳みたいにすらすらと紡《つむ》がれる言葉を聞いていると、余計に虚しくなってくるから。

レオの言葉の途中《とちゅう》で、ロゼッタは被《かぶ》せるように話し出す。

「レオが間違ったことを言ったとは思っていません。だから謝らなくて良《い》いわ。でも、私も、自分の言ったことが間違っているとは思っていませんから」

ロゼッタは言い切ると、立ち尽《つ》くすレオを残してバラ園へと向かった。

ルカ達と一緒にバラ園で作業していると、リリャがやってきた。初対面でロゼッタにきついことを言ってきた女の子だ。未《いま》だに彼女はロゼッタに心を開いてくれていないのに、近寄ってくるとは珍《めずら》しい。

「あんた、レオと喧嘩《けんか》でもしたの？」

「喧嘩……ではないですが、まぁ、ちょっと」

「ちょっとって何よ。レオが見たことないくらい落ち込んでたわ。あんなしおしおに萎《しな》びたレオ、レオじゃない」

やはり言い過ぎただろうか。でも、あんな本音を聞かされて、今まで通りに接することができる自信がなかった。だから仕方ないではないか。

「レオを早く元通りにしてよ！」

リリャが詰《つ》め寄ってきた。

「でも、それは……無理です」

「何でよ、レオを振《ふ》り回すだけ振り回して酷《ひど》いわ」

「そんなつもりは……」

ないとは言い切れなかった。

「あんた最低よ」

あぁそうかと思い至った。リリャはきっと、レオのことが好きなのだ。だから、レオが付き従う自分のことが気にくわなかった。そして、今まさにレオを落ち込ませているロゼッタに対して怒《おこ》っているのだ。

「貴族って、いつもそうやって私達を振り回すの。貴族なんて大嫌《だいきら》いよ！」

リリャはロゼッタに体当たりをしたあと、泣きながら走り去っていった。

「リリャ、待って！」

泣かせてしまった。明らかにロゼッタのせいだ。好きな相手のために、心を痛めているリリャは素敵《すてき》な子だと思った。そんな素敵な子を傷付けたのはロゼッタだ。

ロゼッタはリリャの姿を捜《さが》す。バラ園を抜《ぬ》けて辺りを見渡《みわた》す。すると養護院の敷地《しきち》を出て、走って行く姿を発見した。このまま見失ってはいけないと頭の中で警鐘《けいしょう》が鳴る。自暴自棄《じぼうじき》になって養護院に戻《もど》ってこなかったら？　裏通りで見かけた子ども達のようにいなくなってしまったら？　そんな不安が一気にわき上がる。

「リリャ、行かないで。ちゃんと話しましょう！」

ロゼッタはリリャに向かって叫《さけ》ぶ。するとリリャが足を止めた。よかった、止まってくれたとほっとした瞬間《しゅんかん》だった。後頭部に衝撃《しょうげき》が走り、視界が揺《ゆ》らいでいく。


ロゼッタは気が付くと、薄暗《うすぐら》い小屋のようなところにいた。驚《おどろ》いて立ち上がろうとしたが、

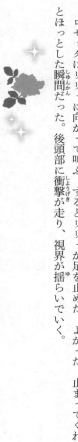

座っていた椅子《いす》ごと倒《たお》れそうになり、慌ててバランスを取る。ご丁寧《ていねい》に両手首をまとめて背中側で縛《しば》ってあり、椅子の背もたれに括《くく》られているようだ。

なんでこんな場所にと、ロゼッタは記憶《きおく》をさかのぼる。

そうだ、リリャが泣いてしまったから追いかけたのだ。リリャが立ち止まってくれた姿を見たところで記憶は途《と》切《ぎ》れている。

「さらわれたのね、私」

静かな小屋にロゼッタの呟《つぶや》きがこぼれた。

今までずっと横にいて守ってくれたレオ。レオが一緒《いっしょ》にいて、危なかったことなんて一度もなかった。出会いのバラ園、医療《いりょう》院へ行く道、襲《おそ》われた二回とも気付かぬうちに助けてくれた。

レオが守ってくれるから大丈夫と慢心《まんしん》していた。懸賞《けんしょう》金をかけられている事実は変わらないのに。油断していた結果が今のこの状況《じょうきょう》なのだろう。ロゼッタの甘えを見透《みす》かしていたから、レオは屋敷にいろと言ってくれたのかもしれない。だとしたら、これはすべて自業《じごう》自得だ。

レオは助けに来てくれるだろうか。だってレオに酷いことを言った。もう護衛をしなくてもいい、屋敷のことだけしてくれればいいと。そして、申し訳なさそうにしているレオを拒否《きょひ》したのも自分だ。己《おのれ》の愚《おろ》かさが嫌になる。

「目が覚めたようだな、ロゼッタ・フェリオ・レンティーニ」

誰《だれ》もいないと思っていた小屋に、男の声が響《ひび》いた。

一気に恐怖《きょうふ》が湧《わ》き上がってきて全身がこわばる。パメラが言っていた拷問《ごうもん》が始まるのかと思うと、冷や汗《あせ》がにじみ出てきた。

「早速《さっそく》だが、鍵《かぎ》のありかを吐《は》いてもらおうか」

背後から足音が近づいてきて、ロゼッタを回り込み目の前に来た。頬《ほお》に傷跡《きずあと》がある大柄《おおがら》な男だ。目つきが鋭《するど》くて吐き出す息は葉巻臭《くさ》い。

「し、知りません」

怖《こわ》すぎて、声が震《ふる》えてしまう。

「ふーん。そんなこと信じるとでも？　絶対にあんたは鍵のありかを知ってるはずなんだ。『銀氷の狼』がずっと張り付いてるってことはね」

銀氷の狼？　何かの名前だろうか。

「本当に、知らないんです」

「しらばっくれるな！」

男が怒鳴《どな》ったかと思うと、ロゼッタは頬を叩《たた》かれた。パンッと乾《かわ》いた音が響く。

じんと頬が熱くなり、次第《しだい》に痛みが襲ってくる。

「な、なぐられても、知らないんです。こんなことしても仕方な――」

言い終わらぬうちに再びロゼッタの頬に痛みが走った。また叩かれたのだ。口の中に鉄の味が広がる。口の中が切れたらしい。

「痛いだろ。これ以上痛い思いをしたくないなら、さっさと言え」

「言いません。だって知らないから。それに仮に知っていたとしても、やっぱり言うことはありません。だから諦《あきら》めてください」

こんなことを言ったところで、この男が諦めるとは思えないけれど。

どうにか助かる道はないだろうか。必死に考えるロゼッタはふと苦笑いしてしまう。だってレオに会う前だったら、ロゼッタの方が諦めてさっさと殺せばいいと言っていたに違《ちが》いないから。でも今はレオに助けてもらったこの命、簡単に捨てるなんてできない。

「なに笑ってんだ、気持ち悪いな。痛さでおかしくなったか」

男が嫌《いや》そうに眉間《みけん》にしわを寄せた。

「いえ、何でもありません」

「まぁいいや。吐かないなら、もっと痛めつけないとダメだな」

男はわざとらしいため息をつくと、懐《ふところ》からゆっくりとナイフを取り出した。鈍《にぶ》く銀色に輝《かがや》く刃《は》にロゼッタの影《かげ》が映っている。

男はロゼッタに向かって、ナイフの先端《せんたん》を突《つ》き出した。鼻の先に触《ふ》れそうな位置で止まったが、ちょっとでも動いたら切れてしまいそうだ。ロゼッタはごくりとつばを飲み込む。

「ほら、怖いだろ。すこーし動かしたら、あんたの綺麗《きれい》な顔に傷がつく」

恐怖がロゼッタを襲い、自然と歯がカチカチと鳴り始めた。

「怖くて、何も言えないか？　それは困るなぁ。じゃあ顔はやめるか」

ナイフの位置が顔から離《はな》れた。しかし、すぐに首筋に冷たい感触《かんしょく》が訪《おとず》れる。痛くはないから、おそらくナイフの背なのだろう。

急所にナイフを当てられ、ぞくりと体が震える。

「怖いか？　いい反応だ、楽しくなってくるな」

男が下卑《げび》た笑みを浮《う》かべた。

パメラが言っていたのはこういうことなのか。拷問されて、痛くて、怖くて。そんなことされてもいいんですかと問われたが、ロゼッタは簡単に我慢《がまん》すると答えたのだ。だけど実際に捕《つか》まり、鍵を出せと叩かれナイフを向けられ、もう心臓が壊《こわ》れそうだ。

怖い、逃《に》げたい。

助けて欲しい。誰に？

「レオ、助けて！」

ロゼッタは泣きながら叫ぶ。

その瞬間、それが聞こえていたかのように、小屋の窓からレオが飛び込んできた。

まるで絵画から飛び出てきたのかと思った。白銀の髪《かみ》をなびかせて、綺麗な青年が宙を舞《ま》っているのだから。窓ガラスの破片《はへん》がレオの周りでキラキラと輝いている。

「ロゼッタ様……っ」

難なく着地したレオは、ロゼッタの姿を見ると目を丸くした。と思った瞬間、ロゼッタの前を白銀の風が通り過ぎ、目の前の男が吹《ふ》っ飛んだ。

鈍い音と共に男が壁《かべ》にぶちあたり、糸が切れた人形のようにずるずると壁に沿って床《ゆか》に伸《の》びていく。

速すぎて何が起こったのかロゼッタには分からなかったが、あっという間にレオが男を倒してしまったことだけは理解した。もしかして、レオはとんでもなく強いのかもしれない。ロゼッタは一瞬《いっしゅん》、背筋がぞくっとした。

レオが男に近づき、顔を覗《のぞ》き込んで少し肩《かた》を揺らす。

「ロゼッタ様、もう大丈夫《だいじょうぶ》です。怖い思いをさせて申し訳ありません」

こちらを向いたレオは眉《まゆ》を下げていた。助けに来てくれたというのに、どこか怒《おこ》られるのを怖がる子どものようにも見える。

悔《くや》しそうにしているレオを見て、ロゼッタは別の意味で涙《なみだ》が止まらなかった。気まずくなったせいで不安になっていた。だからレオが助けに来てくれて、いつもみたいにロゼッタを守ろうとしてくれてすごく嬉《うれ》しい。

ほっとして、悲しくなんかないのに涙が止まらない。両手が縛られているから、拭《ぬぐ》うこともできずに、涙がぼたぼたと落ちていく。

「ロゼッタ様、泣かないで。泣かれると……困ります」

「レオ、ごめんなさい。私、酷《ひど》いこと言ったわ。それなのにレオは助けに来てくれた」

「当然です。ロゼッタ様は俺に護衛されるのは嫌かもしれませんが、俺は護衛をやめるつもりはありませんから」

レオはそう告げながら、ロゼッタの縄《なわ》を解《ほど》いてくれた。

「さあ立ってください。あいつが気絶してるうちに行きましょう」

レオが手を差し出した。ロゼッタはその上に手を重ねる。手を引かれて歩き出した。

その時だった。

「凄腕《すごうで》の殺し屋が飼い犬になるとはね……つまんねー奴《やつ》になり下がったもんだ」

苦しそうなだみ声が聞こえた。その内容に、空気が固まったような気がした。

あの男は殺し屋と言った。この小屋の中に凄腕の殺し屋がいるのだと。問いかけた男を省くと、ここにはロゼッタとレオしかいない……。

「レオ？」

名前を呼んだ。けれど、レオはこちらを向かない。ぎりっと歯ぎしりの音がしただけだ。

ロゼッタは男の方を向いた。男は腹を押さえてしかめ面《つら》のまま倒《たお》れ込んでいるが、目はしっかりと開いている。

「今のは、どういうことですか？」

ロゼッタは震えそうになるのを必死で抑《おさ》えて、声を絞《しぼ》り出した。

「腕を買って護衛させてるんじゃないのかよ……。はは、そういうことか。騙《だま》されて可哀想《かわいそう》だな、あんた。こいつはここらじゃ有名な『銀氷の狼』って殺し屋さ」

男はロゼッタに可哀想だと言い放った、嘲《あざけ》るような笑いと共に。

もしかして、という疑惑《ぎわく》が湧き起こる。でもレオはずっとロゼッタの側《そば》にいて……いや、たまに姿が見えないときはあった。それにさっきも驚《おどろ》くほど強かった。喧嘩《けんか》慣れしてるというレベルでないのは、ロゼッタでも分かる。

そうだ、ロゼッタはレオのことを何も知らない。ロゼッタの側にいないとき何をしているの？　ロゼッタのところに現れる前は何をしていたの？

考えれば考えるほど『殺し屋』という言葉が信憑性《しんぴょうせい》を帯びる。それでも信じたくなかった。

「レオ。あなた殺し屋じゃ、ないわよね？」

違うと言って欲しくて、ロゼッタは問いかける。

けれどレオは黙《だま》ったままだ。

「レオ、こっちを見て。ちゃんと返事して」

ロゼッタはレオの手を引き、こちらを強引《ごういん》に向かせる。レオの瞳《ひとみ》は揺《ゆ》れていた。レオがたまに見せるクセだ。どんな時のクセなのか分からなかったけれど、今分かってしまった。

「レオ、あなたは私にかけられた懸賞《けんしょう》金をねらった、殺し屋なのね」

ロゼッタはレオの手を放した。

今までのすべてが懸賞金のためだったなんて。こんな裏切り、考えてもいなかった。楽しかった日々が一気に灰色に変わっていく。

「俺のせいでバレちゃったなぁ。でも、俺にとどめを刺《さ》さなかったお前が悪い」

男が悪態をついた。

その瞬間、レオの雰囲気《ふんいき》がピリッとするどくなる。

「お前なんか、殺す価値もないからだ」

男が薄《うす》ら笑いを浮かべた。

「へぇ、それはありがたい。じゃあ俺はこれからもこの女を狙《ねら》わせてもらうぜ」

また狙う気なのかと男の言葉にうろたえているうちに、いつのまにかレオが男のもとに移動していた。速すぎて、ロゼッタはあっけに取られる。

レオはうずくまる男の胸倉《むなぐら》を掴《つか》み上げ問答無用で殴《なぐ》った。殴った威力《いりょく》でごろごろと男は転がっていく。男は口から血を吐《は》きぐったりとしている。

それで終わりかと思ったら、レオはナイフを取り出した。形見のナイフではなく質素なナイフだったが、刃は鋭利《えいり》に光っている。足音もなくレオはゆっくりと男に近寄って行った。

「お前やっぱり邪魔《じゃま》だ、消えろ」

レオがとどめとばかりにナイフを振《ふ》り上げた。

「レオ、やめて！」

ロゼッタは叫《さけ》んでいた。

あの手を振り下ろしたら、あの男は死んでしまう。レオは人殺しになってしまう。

目の前でレオを人殺しにさせたくなかった。自分を狙ってきた殺し屋かもしれないけれど、それでも嫌だった。レオの手をこれ以上血で汚《けが》して欲しくない。

レオは動きを止めた。

「それ以上はダメよ、死んでしまうわ」

レオがこちらを向く。冷酷《れいこく》な表情で射貫《いぬ》かれるように睨《にら》まれた。

今までのレオとは別人のようだ。温かみのない、氷のような表情。

すぐにナイフを振り下ろしてしまいそうで、ロゼッタは声をかけ続ける。

「殺さないで」

レオが手を下ろし、ゆっくりとロゼッタの方に歩き出した。でも表情は冷たいままだ。

レオが一歩近づいてくるたびに、ロゼッタの鼓動《こどう》は跳《は》ね上がる。彼が何を思ってこちらに来ているのか分からなかった。けれど、感情の見えない瞳がとにかく怖《こわ》くてたまらない。このレオはきっと容赦《ようしゃ》なく人を殺せる。ロゼッタはそう感じた。

レオが目の前で止まった。殺気に気圧《けお》され、ロゼッタは立っていられずに座り込んでしまう。距離《きょり》を取ろうにも腰《こし》が抜《ぬ》けてしまって動けない。

「あの男は邪魔だ。だから殺す」

レオの瞳は揺れもしない。ただただ不気味に凪《な》いでいる。

「やめて。レオはそんなことしないで。あなたは優《やさ》しい人よ」

「違《ちが》う。俺は平気で人を殺せる。あんただって殺せる」

レオがこぼした言葉は、背筋が凍《こお》るものだった。

「俺は殺し屋で、あんたは標的だ」

ゆっくりとナイフを突《つ》きつけてきた。

「私を、殺すの？」

最後の問いを投げかける。けれど、それに答えが返ってくることはない。

こんな最期《さいご》を迎《むか》えるだなんて予想だにしていなかった。

レオに、殺される……。

レオとの日々が走馬燈《そうまとう》のように巡《めぐ》る。どれもこれも楽しいことばかりだった。生きる意欲をくれたレオに殺されるだなんて、なんて皮肉なんだろう。

一緒《いっしょ》に笑ってくれたレオは、全部嘘《うそ》だったの？

少しだけでも、本当のレオを見せてくれていたの？

「本当のあなたは、どこ？」

レオの瞳が揺れた。

レオの手から力が抜けた。ナイフが床《ゆか》に滑《すべ》り落ちる。

「俺は……」


あの男を野放しにするとロゼッタがまた狙われる。そう思ったら勝手に体が動いていた。男を殴りナイフを振り上げる。二度と襲《おそ》わせないよう殺すつもりだった。なのにロゼッタがそれを止めた。正直、バカとしか言いようがない。誰《だれ》のためにやっているのかと腹立たしく、怒《いか》りで目の前が真っ赤になった。

気が付いたら、目の前でロゼッタが座り込んで震《ふる》えていた。怯《おび》えているくせに真っ直《す》ぐにレオを見つめてくる。恐怖《きょうふ》を必死に抑えようとするその姿は、壮絶《そうぜつ》に美しかった。

自分は本性《ほんしょう》をさらけ出してしまったのだと気付いた。こんな姿を見せたらもう誤魔化せない。それでもロゼッタは自分の中に優しさを見出《みいだ》そうとしてくる。鬱陶《うっとう》しい。いらいらする。殺し屋なのだから優しいわけがない。だから、そんな目で見るなと叫びたかった。

お前は標的なのだと分からせるためにナイフを突きつける。

恐怖と諦《あきら》めと失望、ロゼッタはすべて混ぜ合わせたような表情を浮《う》かべた。最後に見るのがこんな顔だなんて……嫌《いや》だと思ってしまった。ロゼッタには笑っていて欲しい。

「本当のあなたは、どこ？」

ロゼッタの問いに心が締《し》め付けられた。彼女は殺し屋のレオと、使用人のレオの狭間《はざま》で揺れている。演じていたはずの『レオ』の痕跡《こんせき》を探している。その『レオ』は作り物で存在などしていないはずだった。けれどそうじゃない。殺し屋のレオの中に『レオ』は生まれていた。ちゃんと『レオ』はここにいたのだ。

手からナイフが抜け落ちる。

「俺は……」

ロゼッタを殺せない。

殺すべき相手を殺せないなんて殺し屋失格だ。金のためにどんな奴《やつ》でも殺してきたのに。養護院の子ども達の命を助けるために金が要《い》る。その金のためだったら、どれだけ自分の手を血で汚しても平気だった。だって今度は自分の番だから。

褒《ほ》められた手段じゃないと、そんなことは分かっていた。それでも、養護院育ちではまともな職には就《つ》けないから。養護院を出たら己《おのれ》が生きていくので精一杯《せいいっぱい》、金を手に入れるためには裏の仕事をするしかない。仕方ない、そう思ってきた。

だから、今も仕方ないはずなのに………どうしても、ロゼッタだけは殺せない。

殺してしまったら、もうあのへらへらとした笑顔《えがお》は見ることはできないんだ。

殺してしまったら、失敗して落ち込んだ、あのしょんぼりした顔も見られなくなる。

殺してしまったら、帽子《ぼうし》を被《かぶ》せると嬉《うれ》しそうにする信頼《しんらい》しきった顔も見られない。

殺してしまったら、バラ園でかくれんぼをすることもできない。

殺してしまったら、年上と思えないくらい手が掛《か》かる人の世話を焼けない。

殺してしまったら、意外と頑固《がんこ》なあの人と一緒に養護院へも行けない。


気付いてしまった。ロゼッタによって、殺し屋ではないレオが生まれていたことを。それはロゼッタがくれた、かけがえのないものだということを。

養護院しかなかったレオの世界、それを広げてくれたのはロゼッタだ。ロゼッタの隣《となり》に居場所ができていた。隣にいるのが当たり前で、ロゼッタはそれを当然と思ってくれていて。

だからこそ、子ども達をどうにかしたいというロゼッタの思いを軽《かろ》んじたとき、彼女は怒《おこ》ったのだ。レオがロゼッタを信用しなかったから。

綺麗事《きれいごと》ばかりいうロゼッタをバカだなと思っていたけれど、一番バカなのは自分だ。自分こそが、ロゼッタの隣を心地《ここち》よいと思っていたのだから。そしてロゼッタの綺麗事を、一番信用してみたいと思っていたのだ。それを認めるのが怖くて、ロゼッタを否定して傷付けた。

これ以上傷付けたくない。

もう、ロゼッタを殺せない。

第六章　信じること

あれから一日が過ぎた。ロゼッタは自室で、パメラの淹《い》れてくれたローズティーを飲む。じわっと口内の傷にしみた。涙《なみだ》が出そうになるのは傷が痛むからだ。決してレオのことを考えているからじゃない。そう自分に言い聞かせつつ、こぼれた独り言はレオのことだった。

「小屋から帰ってくる間、レオは無言だった。殺すようなそぶりもなかったし。何か言いたそうにはしていたけれど、結局うつむいたまま歩いてた」

レオは何を考えていたのだろうか。

姫《ひめ》を守る騎士《きし》のように、レオはロゼッタを守ってくれていた。でも、それは嘘だったの？

小屋でロゼッタを殺せるとナイフを向けてきた。でも殺さなかった。どうして？

屋敷《やしき》に戻《もど》ってきて、殴《なぐ》られた傷の手当てをパメラがしてくれた。ロゼッタは安堵《あんど》して気絶するように眠《ねむ》ってしまったから、レオがその後どうしたのかを知らない。そのまま出て行ったのか、屋敷にまだいるのか。出て行ったのなら、もうレオが何を考えていたのかを知る手立てはない。かといって、屋敷にいたとしても、どんな態度を取ったら良いのか分からない。

そもそも殺さなかったのは、まだ鍵《かぎ》が見つかっていないのを思い出したからかもしれない。

だとしたら、鍵が見つかればレオにいずれ殺されるのだろうか？

分からないことだらけだ。ロゼッタは大きくため息をついた。

するとドアをノックされた。お茶はもう冷めてしまっているから、下げに来たのだろうか。

「どうぞ、入って」

パメラが入ってきたが、続いてレオも入ってくるではないか。いつも通りのレオ、いや、少し表情が硬《かた》いかもしれない。

「ロゼッタ様、お加減いかがですか？」

パメラはそっとロゼッタのおでこに手を当て、熱の有無《うむ》を確認《かくにん》してきた。けれど、ロゼッタはそれに答えることができない。だってレオがいるから。

「微熱《びねつ》といったところでしょうか。怪我《けが》をすると高熱が出る場合もありますから、熱が上がってきたと思ったらすぐに言ってくださいよ」

パメラはてきぱきとテーブルの上の茶器を片付け始める。

その間も、ロゼッタはレオから目が離《はな》せなかった。怖《こわ》いけれど見ずにはいられない。

「さてロゼッタ様。レオがお話ししたいそうですが、お聞きになりますか？」

パメラに質問され、初めてパメラの方を見た。

「ロゼッタ様が聞きたくないというなら、問答無用で、全力をもって私が排除《はいじょ》します」

パメラはジャラッと重そうな音のする扇子《せんす》を取り出した。もしや鉄扇だろうか。子どもの頃《ころ》に読んだ物語の中で、女怪盗《かいとう》が使っていた武器に似たようなものがあった。

パメラはレオの正体を知っていたのだなと思った。いつから知っていたのかは分からないけれど。でもロゼッタがレオを信じているから、そしてレオがあくまで護衛を続けていたから静観していたのだろう。

レオはずっと黙《だま》ったままだった。身じろぎすらしない。

正直、レオの話を聞くのが怖い。けれど聞かないまま、レオが何を考えていたのか知らないままも嫌だと思った。

しばし逡巡《しゅんじゅん》し、覚悟《かくご》を決める。

「レオの話を聞くわ」

やっと声を出すことができた。かすれた声だったけれど。

パメラがロゼッタの斜《なな》め後ろに立つ。今まではレオが立っていた位置だ。いや違《ちが》う。レオは隣に立っていたのだ。レオとパメラの微妙《びみょう》な違いに、心がざわめく。

小屋で冷たい瞳《ひとみ》をしていたレオは、まるで血にまみれた獣《けもの》そのもの。するどい牙《きば》をむきだしにし、咬《か》みちぎられそうだった。思い出すだけで恐怖心がぶり返してくる。

レオが神妙《しんみょう》な顔つきで、息を吸うも何も言えずに吐《は》き出すという行為《こうい》を続け、何度目かにやっとしゃべり出した。

「怖がらせて悪かった。でも、もうあんたを殺すつもりはない」

沈黙《ちんもく》が満ちた。

殺さないと言っている、よかったと単純に思えばいいのだろうか。でも、殺し屋の顔でナイフを向けてきたレオの言葉を、どう受け止めていいのか分からない。信じていいのだろうか。

信じて、また裏切られたら……。

「どうして、私のところに来たの」

信じるための何かが欲《ほ》しい。

「金のためだ」

レオの答えは端的《たんてき》だった。でも欲しいのは結論なんかではない。

「そのお金は、何のために必要だったの」

レオは口を閉《と》ざし、答えたくないとばかりにうつむいてしまった。

「私をもう殺すつもりがないというのならば、答えてちょうだい」

「……言いたくない」

お金の使い道が贅沢三昧《ぜいたくざんまい》に過ごすためならば簡単だ。でも、きっとレオのお金の使い道はそんな利己的なものじゃないはずだ。

「レオは養護院に仕送りをしていると言っていたわね。養護院のためじゃないの？」

仕送りの話を聞いた当初は、当然のごとく使用人のお給金だと思っていた。けれど、実際に養護院に行ったのだから分かる。あんなにたくさんの子達がいたら足りるわけがない。

このままじゃ話が進まないと思ったのか、やっとレオが口を開いた。

「養護院のためだよ。あそこは寄付金が集まらなくて、養護院の兄貴分が人に言えない仕事で稼《かせ》いだ金で運営されてた。その人が大怪我《おおけが》をして仕事ができなくなって。俺はその時、一番の年長だったから……、そこから俺は殺し屋として生きてきた」

レオは険しい表情だ。

名前は言わなかったけれど、養護院の兄貴分とはエルベルトのことだろうとぼんやり思った。

「……院長先生はご存じなの？」

「言えるわけがない。言ったところで泣かれて、やめろと言われるだけだ」

それに、あの院長先生が人を殺したお金を受け取るとも思えない。

「分かってるのに、レオは殺し屋を続けていたの？」

「そうしなければ、あいつらを食べさせていけなかった。だから後悔《こうかい》はしてない」

レオの声が頭の中で響《ひび》く。でも上手《うま》く処理できない。するすると流れていってしまう。

あの子達のためにレオの手は血に染まったのだ。でもレオがやらなければ、あの子達は生き抜《ぬ》けなかった。

「鍵が見つかればすぐに奪《うば》って殺せるように側《そば》にいた。それなのに……」

泣きそうな瞳で、レオがこちらを見ている。ロゼッタも泣きたくなった。

レオは両膝《りょうひざ》を床《ゆか》につき、ロゼッタを見上げてくる。

「お願いだ。あんたを裏切ったことは許してくれなんて言わないから……俺に、あんたの命を守らせて欲しい」

レオはついに、その綺麗《きれい》な海の色の瞳から雫《しずく》をこぼした。

ロゼッタは混乱のあまり頭を抱《かか》えた。上手く処理できなかった言葉達を必死に手繰《たぐ》り寄せる。

レオを信用していいのだろうか。養護院のために懸賞《けんしょう》金を奪う好機を逃《のが》したくないから、だからロゼッタを守ると言っている可能性だってある。

考えれば考えるほど、疑えてしまう。

ロゼッタはふるふると頭を振《ふ》った。レオが涙に濡《ぬ》れた瞳で見つめてくる。その瞳が怖かった。今まで何の疑問もなくレオのことを信じていた。レオの言うことは、すべて優《やさ》しさだと受け入れてきた。けれどレオの向けてくれていた感情は、すべてまがい物だったかもしれない。それはロゼッタにとってとても恐《おそ》ろしいことだった。突然《とつぜん》、足下《あしもと》の床がなくなり、どこに足を降ろしたらいいのか分からないような。不安で、何を拠《よ》り所にして歩けばいいのだろう。

感情の混乱に巻き込まれるように目眩《めまい》がして、ロゼッタはふらつく。レオが支えようとしてくれたけれど、ロゼッタはとっさに身を引いていた。

「あ……悪い」

レオがうなだれて一歩下がる。その姿にズキンと胸が痛んだ。

「だけど、今度こそ絶対にあんたを、ロゼッタ様を守り切るから」

ロゼッタに誓《ちか》いを立てるレオ。このレオは本物なの？　本物なら嬉《うれ》しい。でも、本物だと言い切れるだろうか。

分からなすぎて気持ち悪い、もう座っているのも辛《つら》い。呼吸も苦しくなってきた。

「ごめんなさい。ちょっと……休みたいわ」

レオは許しが出るのを待っている。だけど許していいのか、拒否《きょひ》すればいいのか。ロゼッタは自分がどんな態度を取るべきなのか、全然分からない。

だから、今は考えることから逃《に》げたかった。

レオが退室し、パメラがベッドを整えてくれた。ロゼッタはそのベッドに横になる。すると、パメラが子どもをあやすようにロゼッタの肩《かた》をとんとんとたたく。そばに人の温《ぬく》もりがあることで、ロゼッタは次第《しだい》に落ち着いてきた。それを見極《みきわ》めたかのようにパメラが口を開いた。

「だから最初に忠告したじゃないですか」

言葉は説教のようだけれど、声は優しかった。今までのパメラの中で一番穏《おだ》やかで慈《いつく》しみを感じる声だ。

「確かに……忠告を聞かなかったのは、私だわ」

「無視した結果がこれです。まったく呆《あき》れちゃいますよ」

くすりとパメラが笑った。

「うん。ごめんなさい」

「でもですね、私はロゼッタ様のことそんなに嫌《きら》いじゃないです。あなたは、自分を分かっていないけれど、ある意味、とても自分のことを分かっている人だと思いますから」

分かっていないのに分かっている？　どんな謎《なぞ》かけだろうか。

ロゼッタはパメラの言葉を待った。

「あなたは、自分に力がないことを知っている。自分のやっていることが自己満足だと分かっている。それでも、今、できることをするんだというその姿勢、私は良いと思いますよ。偽善《ぎぜん》だろうと、助けてもらった人にとってはそれがすべてです」

「あ、ありがとう、でいいのかしら」

パメラからの初めての褒《ほ》め言葉に、照れくさくなる。

「ありがとうで構いません。ふふっ、おかしな気分です。私はダニエラ様に仕える侍女《じじょ》で、ダニエラ様に命じられてここでロゼッタ様を見張っている身です。ですが、気が変わりました」

「気が変わった？」

パメラはすっと背筋を伸《の》ばした。

「あくまで主《あるじ》はダニエラ様ですが、この屋敷《やしき》にいる間はロゼッタ様の味方になります」

「……ダニエラ様が怒《おこ》らないかしら？」

ダニエラの反応を想像し、胃がきゅっと縮んだ。

「あの方は怒っているのが通常なんです。怒《いか》りがダニエラ様のエネルギー源なので」

てっきり、ロゼッタが至らないから怒られていると思っていたのだが、もしかしたらダニエラはもともとそういう人だったのだろうか。だとしたらほっとしたような、ダニエラがちょっと心配になるような、そんな不思議な気持ちになったのだった。

そして、レオのことをどうするのかは先延ばししたまま、ロゼッタは眠《ねむ》りに就《つ》く。

結論を出せないまま数日が過ぎていった。

怪我《けが》は順調に治ってはきていたが完治とはいかず、殴《なぐ》られた頰《ほお》の青あざがまだ残っていた。

ロゼッタはバラ園の中を歩く。今が盛《さか》りと咲《さ》いているボレロという白バラを愛《め》でながら、華《はな》やかな香《かお》りも楽しんでいた。

そこにレオが現れた。手に帽子《ぼうし》を持っているのを見て、小さく声がもれる。

「あ……」

また帽子を忘れていた。

違《ちが》う、レオが持ってきてくれるのが当たり前になっていたのだ。だから、帽子を持ち出すということが思考から抜けてしまった。

「ロゼッタ様、帽子をどうぞ」

レオが帽子を持ってきた。以前のような距離感《きょりかん》ではない。一歩離《はな》れた位置から、帽子だけを差し出しているのだ。

帽子を被《かぶ》せてくれて、リボンも丁寧《ていねい》に結んでくれて、仕方ない人ですねと笑うレオが脳裏《のうり》に浮《う》かぶ。あの時のレオはいったいどんな気持ちだったのだろう。面倒《めんどう》くさいけど殺すまでの辛抱《しんぼう》だと思っていたのだろうか。それとも本当にただ仕方がないなと笑っていたのだろうか。

「怖《こわ》がらなくても大丈夫《だいじょうぶ》です。パメラさんに許可を得て帽子を持ってきました。それに、姿は隠《かく》してるけどパメラさんもすぐ近くにいます。さすがに俺を野放しにはしておきませんよ」

レオは自嘲《じちょう》するように、両肩《りょうかた》を少し上げた。

「ありが、とう」

ロゼッタは声を絞《しぼ》り出すと、恐る恐る帽子を受け取った。自分で被りリボンを結ぶ。けれど、左右の輪が均等にならず不恰好《ぶかっこう》だ。そんな不恰好な結び目をレオが見ている。内心で笑っているのだろうか、不器用だと呆れているのだろうか。レオにそんな風に思われているかもしれないと思うと、見られているのがいたたまれなくなった。

レオに背を向けるように、ロゼッタは歩き出す。ついてくる足音は聞こえない。レオはそのまま立ち止まっていた。

「本当に、帽子を持ってきただけなのね……」

ロゼッタはぽつりとこぼす。

「――さま、ロゼッタさま」

遠くから子どもの声が聞こえてきた。ロゼッタはバラ園から出ると、塀《へい》の隙間《すきま》からカインが手を振っているのを発見した。

塀に近づき、顔を覗き込むようにしゃがむ。

「カインじゃない。どうしたの？」

「ロゼッタさまこそ最近来ないけど。もうぼく達のこと、どうでも良くなっちゃった？」

カインは可愛《かわい》らしく頬を膨《ふく》らませている。ロゼッタは思わずそっと頭を撫《な》でた。そういえば、レオの頭をこうして撫でたこともあったなと思い出し、胸がもやもやとしだす。

「違うわ。行きたかったのだけれど、ちょっと怪我をしてしまって」

「もしかして頬のやつ？　やっぱりあの話は本当なんだ」

「あの話？」

ロゼッタは首を傾《かし》げる。

「ロゼッタさまが金目当ての奴《やつ》らに狙《ねら》われてるって話」

こんな子どもにまで懸賞金の話が広まっているとは。

「心配させちゃってごめんね」

「……いいよ、別に」

カインは下を向いてもじもじしている。照れているのだろうか。

「そうだ、せっかく来てくれたし、お菓子《かし》でも食べる？」

「え、お菓子？」

カインはパッと顔を上げた。けれど、すぐに今度は横を向いた。

「どうしたの？」

「いや、他《ほか》の奴らに悪いからやめとく。それより、バラの様子がおかしいんだ。病気かもしれないから見に来てよ」

カインがロゼッタの様子を窺《うかが》うように見上げてくる。

「まぁ大変。どんな症状《しょうじょう》が出ているの？」

「えっとね、なんかね、黒いのが出てる。すっごいボツボツしてる」

「黒点病かしら？　おかしいわね、ちゃんと処置したはずなんだけど」

ロゼッタは首を傾げる。もしかしたら見逃《みのが》していたものがあって、それが急激に悪化しているのかもしれない。とにかく見てみないことには分からない。

立ち上がって屋敷に戻《もど》ろうと後ろを向くと、パメラが立っていた。その後ろにはレオも。

「ダメです」

パメラが眉間《みけん》に皺《しわ》を寄せている。

「まだ何も言ってないわ」

「聞いてましたから。それに、さらわれたばかりだというのにまた出掛《でか》ける気ですか？　まったく能天気にも程《ほど》があります」

「の、のうてんきって。でもわざわざ私を頼《たよ》って、ここまで呼びに来てくれたのよ。症状を確《かく》認《にん》したらすぐに帰ってくるわ。だから行かせて欲しいの」

バラ園は養護院の宝になる。病気を悪化させて、全滅《ぜんめつ》でもしたら目も当てられないではないか。きっと今の段階だったら食い止めることができるはず。でも、養護院にはバラの病気について分かる人がいないのだ。ロゼッタが行けばどんな病気なのか分かる。分かりさえすれば、対処法を口頭なり手紙なりで伝えることも可能だ。そのためにも確認しなくては始まらない。

それに子どもの足でここまで一人で呼びに来てくれたのだ。嬉《うれ》しいではないか。悪魔扱《あくまあつか》いされていたことを思えば雲泥《うんでい》の差だ。

「ですが、懸賞《けんしょう》金の額が上がったことで、殺し屋達は強引《ごういん》な手段に出てくるかもしれません」

「それは、その通りなんだけど、レ……パメラが護衛してくれれば、なんとかなるんじゃ」

最後の方は、消え入りそうな声になってしまった。いつものクセで、レオの名を言おうとしてしまったから。

だが、パメラの言うことが正論なのは分かっている。当然の反応だろう。けれど、期待の眼《まな》差《ざ》しで見上げてくるカインの顔を見てしまうと、なんとか一緒《いっしょ》に行ってあげたい。どうしようと困り果てていると、レオが口を開いた。

「俺が守ります」

「……レオが？」

レオの護衛を信じていいのか、いけないのか。

「ロゼッタ様は出掛けたいんだろ？　だったら、俺はその望みを全力で叶《かな》えるだけだ」

「……本気で言ってるの？」

レオの真意を読み取ろうと必死で見つめる。でも、ロゼッタには信じていいのか分からない。

「本気です。信じてもらえてないのは分かってる。だけど、俺がロゼッタ様を守るのは信用があろうとなかろうと変わらない」

レオの瞳《ひとみ》の色が細かく揺《ゆ》れる。それは、今までのレオがロゼッタの前で見せた姿だ。そんな姿を見せられたら、余計に迷いが大きくなってしまう。信じたい気持ちと、信じて裏切られるのが怖い気持ちと。また裏切られたら、もう立ち直れる気がしないから。だから、レオを信じることに踏《ふ》み切れない。

すると、パメラが大きなため息をついた。

「言ってくれるわね、レオ。分かったわ。あんたに一回だけ機会をあげる。必ずロゼッタ様を無事な状態で屋敷《やしき》に戻すこと」

勝手にパメラが話を進めていく。ロゼッタは流れについていけずに、ただ見ているだけだ。

「はい、約束します」

レオは背筋を伸《の》ばして答えた。

「ロゼッタ様も、養護院に行きたいのならレオの護衛で行ってください。私はあいにく仕事がたんまりありますので、手が離せないんです」

まさかパメラが許可するなんて思わなかった。しかもレオと一緒だなんて。

正直、迷いに迷ってしまう。養護院には行きたい。バラ園が心配だし、呼びに来てくれた気持ちに応《こた》えたい。

だけど、レオと一緒は気まずい。どう接していいのか分からないというのに。

「ロゼッタ様、必ず俺が守るから」

レオが窺うような目で見てくる。そんな目で見ないで欲しいとロゼッタは思った。弱いのだ、レオのその目に。殺し屋と分かる前のレオそのものだから。

だからだろうか、ロゼッタは迷った末、レオの護衛で街に出ることを選んでしまった。

レオの護衛で出掛けると伝えたとき、レオはふわっと微笑《ほほえ》んだ。その笑顔《えがお》を見て、ロゼッタは泣きたくなった。

カインと手を繋《つな》ぎ養護院へと向かう。レオは少しだけ離れて、後ろから付いてきていた。

「ロゼッタさま、こっちが近道なんだ」

カインが急に手を引いてきた。ロゼッタはたたらを踏みながら導かれた方へと踏み出す。

その時だった。

「ロゼッタ様、待って！」

レオの声と共に、強い力で後ろから引き寄せられるように抱《だ》きしめられた。

レオの体温と息遣《いきづか》いを急に感じてロゼッタは驚《おどろ》く。逞《たくま》しい腕《うで》に捕《と》らわれて、激しく動き出した鼓動《こどう》が伝わってしまわないかと不安だ。このドキドキが、怖《こわ》さゆえのドキドキなのか、他の所以《ゆえん》があるのかどうかは分からない。

しかし動揺《どうよう》していたロゼッタは、目の前に大柄《おおがら》な男が飛び出してきたことで我に返った。

「もしかして……襲《おそ》われてる？」

恐《おそ》る恐るレオに問いかける。綺麗《きれい》な顔が近すぎて、すぐに顔を前に戻したけれど。

「はい。それも、こいつだけじゃない……どんどん集まってきてる。俺に気付かれないように離《はな》れて待機してやがった。くそっ、あいつ餌《えさ》につられたな」

レオが悔《くや》しそうに呟《つぶや》く。

「レオ、私だけじゃなく、カインも守って……あれ、いないわ。どうしよう、どこに行ってしまったの」

ロゼッタはカインの姿を捜《さが》す。けれど目の届く範囲《はんい》にはいない。いったい、どこに行ってしまったのだろうか。

　すると、集まってきた中の一人が笑い出した。

「まじで頭の中がお花畑か？　ガキはあんたを売ったんだよ。わずかな駄賃《だちん》と引き替《か》えに、あんたをここまで呼んできた」

「そんな……」

　ロゼッタはショックのあまり体の力が抜《ぬ》けていく。レオが抱きかかえていなかったら倒《たお》れていただろう。

「大丈夫《だいじょうぶ》、あんただけは守り切るから。ここから出るな」

　ロゼッタの耳に、レオの小さな声が聞こえた。その後、建物と塀《へい》の隙間《すきま》に押し込まれた。ロゼッタは塀の穴からレオの様子を見つめる。

　レオは集まった懸賞金狙《ねら》いの破落戸《ごろつき》達を睨《にら》み付けていた。

「俺に敵《かな》わないからって、あんたらが徒党を組むなんて驚《おどろ》いたね」

　レオは不敵に笑うと、一瞬《いっしゅん》のうちにナイフを取り出し構えた。

　それが合図となり、一気に破落戸達がレオに襲いかかる。レオは男達の殴《なぐ》りかかる腕をしゃがんでよけると、その動作のついでに足払《あしばら》いをして男達を転倒《てんとう》させた。そして流れるように、彼らの腹に肘《ひじ》で打撃《だげき》を加える。レオの白銀の髪《かみ》が風になびくように揺れていた。

　レオは強かった。けれど、それ以上に敵の数が多い。倒しても倒しても、次々と現れる。いくらなんでもレオ一人じゃ無理だ、と思ったときだった。

レオの背後を狙おうとした男の頭に、何か硬《かた》そうなものが当たって倒れた。

「認めてあげるわ、レオ」

そこには鉄扇《てっせん》で顔をあおぐパメラがいた。

「パメラさん、付いてきてたの？　気配消しすぎ」

レオが本気で嫌《いや》そうな顔をしている。

「当たり前でしょ。二人きりにして、あんたがしっぽを出さないか見張ってたのよ」

ではパメラはあえて二人で外出させたってこと？　荒療治《あらりょうじ》が過ぎないだろうか。そう思いつつ、豪快《ごうかい》なパメラらしい気もする。

「そうですか。どうりで物分かりが良いはずっ」

レオはそう言うと、襲いかかってきた破落戸に向かってナイフを投げた。破落戸の太ももに見事に刺《さ》さる。痛そうではあるが致命傷《ちめいしょう》ではない。敵が動けなくなることを優先して戦っていることが、ロゼッタにも分かった。

「パメラさん、俺がこいつらを蹴《け》散《ち》らすんで、その隙《すき》にロゼッタ様を連れていって」

「分かったわ。任せて」

パメラが舞《ま》うように扇《おうぎ》を回して破落戸達をなぎ倒し、ロゼッタのもとへ来た。

「ロゼッタ様、レオが引き付けているうちに行きましょう」

レオをこの場に残していくことに引け目を感じたが、自分こそが足手まといなのは分かっている。心配を飲み込んで、ロゼッタはパメラと共に移動を始めた。

レオはちらっとこちらを見て、ほっとしたように口が弧《こ》を描《えが》く。途端《とたん》にレオの動きが俊敏《しゅんびん》になった。無駄《むだ》な動きがなく、破落戸達が倒れるのが必然のような動き。群を抜いて強い。

だけど、レオが相手をしきれなかった破落戸がロゼッタの方に向かってくる。パメラが鉄扇でなぎ倒していくも、数人が同時に襲い掛《か》かってきてロゼッタはパメラと少し離れてしまった。

「ロゼッタ様、危ない！」

レオの声と共に、突然《とつぜん》抱きしめられた。何事かとあたふたしていると、ロゼッタを抱きかかえたレオの肩《かた》がみるみるうちに赤く染まっていく。あまりの鮮《あざ》やかさに言葉を失った。

レオが、ロゼッタを庇《かば》ったのだ。

「すまない、怪我《けが》は？」

ロゼッタは無言で大丈夫だと首を横に振《ふ》る。

レオは安堵《あんど》の笑みを浮《う》かべると、すぐに切りつけた相手を蹴《け》り倒す。

そこから、さらにレオの動きが速くなった。数を減らした破落戸達は勝てないと見切りを付けたのか、一瞬の間のあと示し合わせたように散っていく。

「ふう、どうやら諦《あきら》めてくれたようね」

パメラが額の汗《あせ》を拭《ぬぐ》いながら言った。

ロゼッタもほっとしながら立ち上がる。そして、肩から血を流すレオに近寄った。

「レオ、怪我は大丈夫……っ」

ロゼッタの声に振り返ったレオは、ほっとしたように笑みを浮かべると、その瞬間、意識を失い倒れてしまった。

「こんなに、血が出て」

慌《あわ》てて駆《か》けより、レオを抱きかかえた。ロゼッタのワンピースにべっとりと血が付く。

このまま血が止まらなかったらどうしよう。このまま、レオが死んでしまったら。

「どうしよう、は、はやくお医者様を！」

戦うレオはびっくりするくらい強かった。むしろ相手を殺さないかどうかを心配していた。だから想像もしていなかったのだ。レオだって怪我をするかもしれないことを。

「ロゼッタ様、落ち着いて。レオは大丈夫ですから」

パメラが声をかけてくるが、そんなの信じられない。だってレオはぐったりしたままだ。

「何で分かるの！　こんなに血が出てるのに」

両頰《りょうほほ》に痛みが走った。パメラが両手でロゼッタの頰をはさみ、顔を近付けて目を合わせてくる。

「急所は外れてます。止血すれば死にません。だから早く応急手当てをしましょう」

言い聞かせるように、ゆっくりとパメラに言われた。

「あ……そ、そうね」

　パメラの冷静な言葉に、ロゼッタにも落ち着きが戻《もど》ってくる。

　慌てふためいていても、レオの状態は改善しないのに。当たり前のことが、混乱しすぎて抜け落ちていた。

「ロゼッタ様。申し訳ありませんが、ハンカチなどお持ちでしょうか？」

「ええ、持っているわ」

　ロゼッタはスカートの脇《わき》からポケットに手を入れる。刺繍《ししゅう》入りのシルクのハンカチだった。

「これは、ロゼッタ様の持ち物にしては高価ですね」

「えぇ、実家の火事のとき、唯一《ゆいいつ》持ち出したハンカチよ。お母様の刺繍入りなの」

「そ、それ使って良いんですか？」

「いいのよ。早くレオの手当てをして」

　ロゼッタはパメラを急《せ》かした。こうしている間にも血は流れているのだから。

　目の前でパメラがレオの傷を確かめハンカチで巻き、ぎゅっと縛《しば》り上げた。レオが微《かす》かにうめいたので手を出しそうになったが、パメラに追い払《はら》われる。ロゼッタは両手を握《にぎ》りしめながら、手当ての様子を見守るしかなかった。

　ロゼッタはずっと迷っていた。レオを信じていいのかどうか。でも、やっと答えが出た。

　そもそも殺し屋だと分かった時点で追い出すべきなのに、ロゼッタは迷うだけで追い出さなかった。つまり心のどこかで、今までのレオを失いたくなかったのだ。

確かにレオは懸賞《けんしょう》金を狙って来た殺し屋かもしれない。だけど、一緒《いっしょ》に過ごした時間は確かに存在している。ロゼッタが信じていいのか迷っていたように、レオだってきっと迷っていたに違《ちが》いない。

それでもレオは仕えてくれていたのだ。だからこそ、あの優《やさ》しさも厳しさも、偽《いつわ》りだなんてもう思えなかった。

応急手当てが済むと、パメラと協力してレオを運ぶ。ほとんどパメラが担《かつ》いでいたが、ロゼッタも何かしたくて背中をそっと支えた。何の役にも立っていないけれど、レオに触《ふ》れていたかった。生きていると感じたかったから。

屋敷《やしき》に帰宅後、レオはすぐに高熱を出してしまった。医療《いりょう》院の老先生に往診《おうしん》に来てもらい、手当てをしてもらったがまだ目を覚まさない。

「ロゼッタ様、少しお休みになってください」

パメラにそう声をかけられるも、レオのことが心配で側《そば》を離《はな》れたくなかった。だって、自分のせいで怪我をしたのだから。

熱のせいで頬は赤く、呼吸も荒《あら》い。苦しいのか眉間《みけん》に皺《しわ》も寄っている。そんな姿を見せられて、のうのうと休んでなどいられない。

「私がレオを看病するわ。パメラこそ休んでちょうだい。疲《つか》れたでしょう？」

パメラだって、ロゼッタを守るために戦ってくれた。見ていただけのロゼッタが一番元気なのだ。

「……分かりました。意外とロゼッタ様は頑固《がんこ》ですもんね。私は屋敷の警備に気を配りますので、安心して看病しててください」

パメラはそう言うと部屋を出て行った。

ロゼッタはレオの汗を拭《ふ》き、おでこに載《の》せた濡《ぬ》れた布を氷水に浸《ひた》し、絞《しぼ》り直してまた載せる。あとは、水を定期的に飲ませた方がいいと老先生が言っていた。ロゼッタは小さな水差しを手に取り、レオの口に当てて飲ませる。加減が分からなくてだいぶこぼしてしまったけれど、眠《ねむ》ったレオは気付かない。

「ごめんなさいね。枕《まくら》がびしょびしょになってしまったわ……」

こんな濡れて冷たくなった枕で寝《ね》かせておくわけにはいかない。ロゼッタは自室から枕をもってきた。レオの頭をそっと持ち上げる。意外と重くて、手がぷるぷるしてきたけれど根性《こんじょう》で耐《た》える。枕を入れ替《か》えてレオの頭をゆっくりと戻す。

レオの呼吸が少し落ち着いてきた。老先生が処方してくれた薬が効き始めたのだろう。ロゼッタはそっとレオの髪《かみ》をすく。

「レオ、ありがとう」

ロゼッタは眠るレオに向かって、ぽつりぽつりと一方的に話す。

「すぐに信じてあげられなくて、ごめんなさい」

レオは大事な養護院よりもロゼッタを選んでくれたというのに、ロゼッタはその気持ちを信じてあげられなかった。それがとてつもなく申し訳なく思えた。

同時にロゼッタを選んだということは、これからもロゼッタが狙《ねら》われるたびに相手と戦うのだ。いくら強くとも、今回のように数が多かったり、誰《だれ》かを庇ったりすればレオだって負ける。負ければ怪我をするどころではなく、次は死んでしまうかもしれない。そう考え、ロゼッタは怖《こわ》くなった。

自分のせいでレオが死ぬ。そんなのは嫌《いや》だ。レオが死ぬくらいなら自分が死んだ方がましだ。

このまま懸賞金がかけられ続ければ、いずれレオよりも強い殺し屋が来る可能性だってある。そんな凄腕《すごうで》の殺し屋が来たとしたら、どうなってしまうのか。レオは殺されて、必然的にロゼッタも殺される。どこの誰とも分からない殺し屋に殺される……………それは嫌だ。

「二人して死ぬくらいなら、レオだけでも生きて欲しい」

仮にロゼッタが先に死ねば、レオが死ぬのを見なくて済む。そして、ロゼッタがいなければ、レオが戦う理由もなくなる。戦う理由がなくなれば、死ぬことからも遠ざかる。

懸賞金もどう使うか分からない相手より、皆《みな》のために使う人に渡《わた》って欲しい。

もしもの時の馬鹿《ばか》げた考えが浮かぶ。レオに殺されれば、レオが死ぬことはなく懸賞金も有意義に使ってもらえる。

「殺されるのも、悪くないな」

他《ほか》の誰でもない、レオにならこの命をあげてもいい。ロゼッタに命をかけてくれるレオになら、ロゼッタも命をかけたい。

でも、レオはきっと殺さないだろう。ロゼッタが望んだとしても。

「それ、本気で言ってるのか？」

突如《とつじょ》聞こえた声にロゼッタは驚《おどろ》く。なんと、レオが目を開けているではないか。

「レオ、いつから起きてたの？」

「そんなことはどうでもいい。さっきのは何だよ。どういう意味だ！」

レオは起き上がると、ロゼッタを睨《にら》み付けてきた。口調もいつになく乱暴だ。

「まだ起きちゃダメよ」

ロゼッタはレオをベッドへ押し戻そうと両手を出す。するとレオに両手とも摑《つか》まれてしまった。そのまま ぐいっと引っ張られ、レオの綺麗《きれい》な顔が至近距離《きょり》に迫《せま》る。あまりの近さに、心臓が暴れ出した。

「言えよ、どういう意味だ」

レオが怒《おこ》っている。けれど、何故《なぜ》ここまで怒っているのかが分からなかった。

「私、何かおかしなことを言ったかしら？」

ロゼッタは身を引こうとするも、レオの力が強くて無理だ。怪我人《けがにん》のくせに、どこにこんな力があるのだろう。

「言っただろ。俺は、まだそんなに信用できないのかよ」

レオがぎりっと歯を噛《か》みしめる音が聞こえた。

「待って。信用しているわ」

「してない。してたら、殺されることなんてもう考えないはずだ」

悔《くや》しそうにレオは眉《まゆ》を寄せた。そんな表情、見たくないのに。

「違う。それはそういう意味じゃないの」

「じゃあ、どういう意味だよ。俺はあんたを……ロゼッタ様を守ると誓《ちか》った。それなのに……いや、まさかまだ俺がロゼッタ様を殺すとでも思ってるのか？」

レオは泣きそうな顔でこちらを見つめてくる。

「違うの。さっきのは仮の話で、レオが守ってくれること、もちろんレオがもう殺さないっていうことも分かってる。レオを疑う気持ちはないわ」

「いいよ。そんな慌《あわ》てて弁解してくれなくても」

レオが摑んでいたロゼッタの手首を放した。今までレオの熱い手で摑まれていた手が、急に空気にさらされ冷たさを感じた。それがレオの心のように感じられて、ロゼッタは焦《あせ》る。

「レオ、待って。怒らないで」

「怒ってない。でも、今はちょっと一人になりたい。部屋、出てってくれますか」

レオはベッドに潜《もぐ》り込み、ロゼッタに背を向けてしまった。

自分が言葉を間違えたのは分かった。だけど、何故レオがそこまで怒るのかが分からない。だって、ロゼッタにとってレオは大事な使用人だ。ロゼッタの命を救い、一人ぼっちだったロゼッタを支えてくれた人だ。そんな大切な人を死なせたくないと思ってなにが悪いのか。もし死に方を選べるのなら、より良い死に方を選びたいと思ってはダメなのだろうか。

このことを伝えて、レオの怒《いか》りを少しでも鎮めたかった。けれどこれ以上険悪になりたくなくて、ロゼッタは部屋を出て行くしかなかった。


ロゼッタがとぼとぼと部屋を出て行く。その後ろ姿をレオはこっそり見ていた。

あんなに怒鳴《どな》るつもりはなかった。けれど我慢《がまん》できなかったのだ。こんなにもロゼッタのことを守りたいと思っているのに、その気持ちをないがしろにされたような気がしたから。

出会ったとき、ロゼッタは別の殺し屋に襲《おそ》われていた。儚《はかな》げに笑うロゼッタがとても美しくてレオは見とれた。このままだとあの美しい人が消えてしまうことに気付くと、それが惜《お》しくなった。だけどそんな気持ち、レオは持ってはいけない。だって、養護院のために殺す相手だから。

自分の感情を見て見ぬ振《ふ》りをし、ロゼッタの側《そば》にい続けた。幸いにも、鍵《かぎ》が見つからなければ殺しても意味がない。まだ殺してはいけないのだ。そのことに安堵《あんど》している自分がいた。そして「まだ殺してはいけない」が、「まだ殺さなくてもいい」に変わり、「殺したくない」へ変わった。いつしか側にいる理由も変わっていったのだ。ロゼッタと過ごす時間が、レオにとってはかけがえのない優《やさ》しい時間となっていた。

ロゼッタは子どもみたいだなと思っていたら、急に大人のように振る舞《ま》ってくる人だ。どうにもアンバランスで危なっかしくてほうっておけない、そんな人だ。生きる意欲がなかったくせに、誰かのために何かできると知ったら急に逞《たくま》しくなった。かと思えば、やっぱり甘いことを言って、子どもにいいように騙《だま》される。そんな手のかかる人だ。

そして、美しいのにそれを感じさせない不思議な人だ。でもそれでいい。ロゼッタの美しさは、分かる人にだけ分かればいい。変な奴《やつ》が寄ってきたら困るから。あと不器用なくせに、何故かバラの世話だけはとても上手《うま》い、変な人だ。ただ、バラに囲まれているロゼッタは一枚の絵画のようで好きだった。それを眺《なが》めたくて、帽子《ぼうし》を理由にバラ園に向かってしまう。本人は、そんなレオの思惑《おもわく》にきっと気付いてないだろう。

でも、ロゼッタはただの手がかかるだけのお嬢様《じょうさま》ではなかった。ロゼッタは鍵を見つけて、領民を助けたいと言ったのだ。もし仮にロゼッタの言うとおりになれば、今よりマシな生活ができるかもしれない。飢《う》えることなく、仕事もちゃんとあって、子どもの帰る家がある生活だ。

そう思う一方で、あんな頼《たよ》りないロゼッタに何ができるのだと思う自分もいた。バラの世話しかまともにできないのに。期待したらいけない。叶《かな》わなかったときに、余計に惨《みじ》めになる。そう思っていた。

ただ、どうしても期待を捨てきれなかった。ロゼッタを殺したら、未来への大きな可能性を自らの手で消してしまうかもしれない。それが怖かった。

「殺せるわけがなかったんだ」

レオは諦《あきら》めたように呟《つぶや》く。

金は必要だ。だけど、金はいくらでも代用がきく。別になんの金でも、金は金だ。宝石だって代わりになる、労働力だって、体でだって代わりになる。

でも、ロゼッタは代用なんかできない。ロゼッタはこの世で唯一《ただ》人の存在だ。殺してしまったら終わりだ。だからこそ全力で守ろうと決めた。

それなのに、肝心《かんじん》のロゼッタは「殺されるのも、悪くないな」と言った。

落ち着いて考えれば、街の人達のために何かしたいと思っているロゼッタが、本気で言ったわけではないと分かる。もしもの話なのだろう。それでもレオが守りきれないこと、さらには、レオが殺す可能性がロゼッタの中にまだあるということもショックだった。信用されていないのかと腹が立った。どうしても、ロゼッタのひとりごととして聞き流せなかったのだ。

「でも、あんな風に追い出すことなかったよな……」

レオは大きなため息をつく。

後悔《こうかい》しても、言ってしまったものは取り消せない。ロゼッタの驚きと焦りと悲愴《ひそう》が混じった、何とも言えないあの表情。あんな顔をさせたいわけじゃないのに。

レオは自己嫌悪《けんお》にさいなまれながら、枕《まくら》に頭を埋《うず》める。

「ん？　これ俺の使ってる枕じゃない」

レオが枕を持ち上げるとふわりと甘く香り立つ。その下はしっとりと水で濡《ぬ》れていた。レオの看病をしていたのはロゼッタだ。つまり不器用なロゼッタが水をこぼしたのだろう。

「自分は枕無しで寝《ね》るのかよ。本当、変な人で困る」

レオは枕を見ながら呟くのだった。

第七章　鍵のありか

翌朝、ロゼッタはレオの部屋の前で行ったり来たりしていた。出てってくれと言われてしまった以上、入るのが躊躇《ためら》われたのだ。けれどレオの様子も心配だ。熱は上がっていないだろうか、怪我が痛んでいないだろうか、何か欲《ほ》しいものはないだろうか……そう思うものの、どうしても入る勇気が湧《わ》かない。入ってみたものの、どうして来たんですかとか言われたらショックすぎる。

「ロゼッタ様、鬱陶《うっとう》しいですよ。いい加減入るなら入る、やめるならやめるでハッキリしてください」

レオの朝食を手にしたパメラが、ため息交じりに言ってきた。

「わ、わたしがそれ、持って行くわ」

「……入るんですね。なら、これお願いしますよ」

パメラから朝食の載《の》ったお盆《ぼん》を両手で受け取るとドアの前に立つ。呼吸を整えて、ノックしようとお盆を片手に持ちかえた。空いた手をドアの前に持っていく。けれど、どうしてもドアを叩《たた》けない。拳《こぶし》がぷるぷると震《ふる》えるのみで、時間だけが経《た》っていく。

「ロゼッタ様、このままだとパンが乾燥《かんそう》してカリカリになっちゃいますよ」

「えっ？　そ、そうね、分かってるわ。入るから、ノックするから」

思い切ってノックする。緊張《きんちょう》のあまり、変なリズムになってしまった。

「……はい」

小さな声で返答があった。まずは入室拒否《きよひ》をされなくて良かった。

「レオ、おはよう。その……朝食を持ってきたわ」

「……どうも」

どうにも重苦しい空気が漂《ただよ》う。レオの機嫌《きげん》はあまり良くなっていないみたいだ。全然こちらを見ようとしない。

「スープ、熱いかもしれないから気を付けて」

朝食のお盆をテーブルに置きながら、ロゼッタは重い空気を払《はら》うように言った。

「そんなわけないし。あんだけ部屋の外にいたんだから」

レオはぶつくさと小言をいう。言った後、ふいっと横を向いてしまったけれど。

細かいし口は悪いし、意地悪だ。ロゼッタは、今までに見たことのないレオに驚愕《きょうがく》する。だがそんなことはないかもしれないとすぐに思い直す。もともと世話焼きで言うことが細かかった。口調は正体を知ってからはこんな感じだし、意地悪なのは昨晩のことで機嫌が悪いのだろう。

言い返せないロゼッタはもう無言を貫《つらぬ》くしかない。本当は昨日のことを話したかった。助けてくれたことの感謝をちゃんと言ってないし、何であんなに怒《おこ》ったのか原因を知りたい。でもそれを切り出す勇気が出なかった。

ノックと共に、パメラが入ってきた。

「二人に話が……あれ、なにこの重い空気。昨夜、何かあったんですか？」

「な、ない……とも言い切れないかもしれなくもないわ」

ロゼッタはもごもごと言葉を濁《にご》す。

「どっちなんです？」

「あ、いや、もういいじゃない。それより話があるって言いかけなかった？」

「ええ、そうです。レオも食べながらでいいから聞いて」

レオはパンをかじりながら無言で頷《うなず》いた。

「話は二つあります。一つ目は、これから街に出るのはやめてくださいということです」

ロゼッタは一瞬《いっしゅん》、言葉に詰《つ》まる。けれど、こう言うしかなかった。

「……分かったわ」

本当は養護院での活動を続けたい。けれど、こんなことになってしまった以上、それはただのわがままだと分かる。ロゼッタのわがままで、養護院の子ども達やレオやパメラを危険にさらして良いわけがない。関係のない街の人も巻き込んでしまうかもしれないし。

「素直《すなお》に受け入れてくださって感謝します。まぁ、さすがに今回のような大がかりな罠《わな》をそう何度も仕掛《しか》けては来ないと思いますが。殺し屋というのは基本、実入りが減るので群れないものですからね。ですが、用心するにこしたことはありません」

「そうなのね」

確かにレオも一緒《いっしょ》に動く仲間がいるようではなかったなと、どうしても意識がレオに行ってしまう。

「あと二つ目。呼びに来た子どもの件ですが、どうしますか？」

「どうって……どうもしないけど」

レオの怪我《けが》が衝撃《しょうげき》過ぎて忘れていた。カインは大丈夫《だいじょうぶ》だっただろうか。乱闘《らんとう》の際にはもう姿が見えなくなっていたから、おそらく巻き込まれてはいないと思うけれど。

「罰《ばつ》は？　野放しですか？」

「罰って、そうね、お説教はしないといけないわね」

「説教、それだけ？」

「ええ。大袈裟《おおげさ》なことは必要ないわ」

カインは直接ロゼッタに危害を加えたわけではない。それなのに罰が必要だろうか。

「必要あります。ロゼッタ様をはした金で裏切ったんですよ？」

仰々《ぎょうぎょう》しいものいいに、ロゼッタは眉《まゆ》をひそめる。

「裏切ったというなら、その、レオはどうなのよ」

レオを裏切った例えに出したくはなかったが仕方がない。当人は気まずいのか、視線をそらしてスープを飲み始めた。

「レオは裏切り者ですが、結局裏切ってませんし。ロゼッタ様を助けていますから、まぁかなり甘いとは思いますが見逃《みのが》します」

「パメラの基準がよく分からないわ」

「実際にロゼッタ様に危害を加えたかどうかですよ。あの子どもは危害を加えました」

パメラがテーブルを叩いた。その音にびくりとしながらも、ロゼッタは言い返す。

「違《ちが》うわ。お金をもらって私を連れ出しただけよ」

「同じことです」

「同じじゃない。あの子はレオと一緒よ。あの子がお金を欲しがったのは、養護院にお金がないからよ。それを咎《とが》めるなんてできないわ」

たぶん院長先生が戻《もど》ってこないから、あんなことをしたのだろう。お金が払えないから、医《い》療《りょう》院から返してもらえないんじゃないかと心配していたから。そんなカインを知っているだけに、どうしてあんなことをしたのだと責める気持ちにはならなかった。

「……また甘いことを。繰《く》り返しますよ、何度でも裏切られますよ」

「今のままなら、そうでしょうね。だからこそ変えなきゃいけないのよ」

レンティーニ家が没落《ぼつらく》して、税金が上がり、治安も悪くなり、領民の暮らしは苦しくなった。一番しわ寄せが行くのは立場の弱い子ども達だ。その子ども達は生きるために悪事に手を染め、治安がさらに悪くなる。完璧《かんぺき》に悪循環《あくじゅんかん》だ。その悪循環を止めることこそ、領主に連なる立場にいる人間の役目だと思う。

「分かりました。ロゼッタ様がいいとおっしゃるなら、私がとやかくいうことではありませんね。じゃあ、しばらくは二人とも安静にしていること。レオはもちろんのこと、ロゼッタ様もまだ殴《なぐ》られた頰《ほお》は痛そうな色をしていますし、襲《おそ》われてお疲《つか》れでしょうから」

パメラはそう締《し》めくくると、さっさと部屋から出て行ってしまう。残されたロゼッタは、レオを見る。レオは素知らぬ顔で黙々《もくもく》と食べていた。そんなに時間がかかるほどの量だったかなと思いつつ、ただひたすら食べ終わるのを待った。

「あの、ロゼッタ様。食べづらい。自分で食器は返しに行くんで、出て行って良いですよ」

「出て行く……」

「あ、えっと、そうじゃなくて」

「ご、ごめんなさい」

やっぱりロゼッタの顔を見たくないほど怒っているのだ。落胆《らくたん》しながらロゼッタは部屋を出るのだった。

ロゼッタはバラ園へと逃《に》げ込んだ。ここにいるのが一番落ち着くから。

最近は養護院に出掛《でか》けたり、怪我をしていたせいで、バラの世話も完璧とは言い難《がた》い。最低限の世話はしていても、細かいところが行き届いていない。

「ごめんね、ちゃんとお世話してあげられなくて。今からするわね」

ロゼッタが話しかけると、バラが風に揺《ゆ》れる。まるで返事をしてくれたみたいで少し嬉《うれ》しくなった。

摘《つ》み残しのしおれた花、茂《しげ》りすぎた枝、葉を取り除いていく。以前見つけた病気になっていた株は、手当てが効いたのか綺麗《きれい》な若葉が芽吹《めぶ》いていた。

心が落ち着く時間だ。バラの相手をしていると時がゆっくりと流れる。世の中は流れが速すぎるから。ロゼッタを置き去りにして皆先《みなさき》に行ってしまう。取り残されるのはいつもロゼッタだ。ロゼッタの側《そば》にいてくれるのはバラだけだった。

「いいえ、違うわ。レオもいてくれた」

レオの隣《となり》はとても安心できた。居心地《いごこち》が好《よ》くて、いるのが当たり前になっていた。少し前までは出会ってさえいなかったというのに。

「養護院も大事なのに、私を守りたいって言ってくれて……」

ふとあることに思い至り、ロゼッタは立ちすくんだ。

「私、とても重要なことを見落としていたわ」

ロゼッタは大きなひとりごとを叫《さけ》ぶと、屋敷《やしき》の自室へと大股《おおまた》で戻る。すると、通りかかったパメラが顔を出した。

「何かあったんですか？」

「養護院の運営資金は、今どうなってるの。あぁ、こんな大切なことに思い至らないなんて！」

「落ち着いてください。養護院だって、少しくらいの蓄《たくわ》えはありますよ」

「そ、そうよね。でも、レオが殺し屋の仕事をしたお金で運営されていたって言ってたわ。レオの使用人としてのお給金じゃ今後はとても足りないし、みんな生きていけないじゃない。しかも院長先生は入院中なのよ」

自分のせいで養護院の子ども達が全員飢《う》え死ぬ姿を想像し、ロゼッタはぞっとした。なんとかしなければ。すぐに困窮《こんきゅう》はしなくとも、いずれお金が必要になるのは確実だ。だがロゼッタが自由にできるお金などないに等しい。ロゼッタの自由になるのはこの屋敷内のものと、ダニエラから渡《わた》されているであろう生活費だけ。その生活費もパメラが受け取って管理している。

「ねぇ、本邸《ほんてい》からの生活費は……？」

期待せずに聞くと、パメラは呆《あき》れた表情を浮《う》かべた。

「生活費と、私とレオの給金できれいに無くなります」

「だろうと思ったわ」

ロゼッタ宛《あて》に余剰《よじょう》な生活費を渡すとは思えなかったので、パメラの返答は予想通りだ。

何か金目のものはないだろうかと考える。すると良いものを思い出した。アントニオにもらった綺麗な小箱だ。バラを象《かたど》った金装飾《そうしょく》が施《ほどこ》され宝石も埋《う》まっている。簡単な鍵《かぎ》もついているので、宝物入れとして大事なものを入れて、引き出しにしまっていた。

その中に大叔母《おおおば》の形見分けのペンダントが入っている。フェリオ家ゆかりの唯一《ゆいいつ》のものだからと、アントニオがくれたのだ。これを売ればある程度のお金になる。他《ほか》のものは勝手に売るには申し訳ないけれど、大叔母のものならば元はフェリオ家のものだ。レンティーニ家のものを売るよりはましだろう。

そう考えたロゼッタは、大切にしまい込んでいた宝物入れを久しぶりに取り出した。相変わらず綺麗に輝《かがや》いている。ロゼッタはそっとテーブルの上に置いた。箱についている留め金は、翼の模様を合わせると開く仕組みになっている。ゆっくりと合わせ、宝箱を開ける。すると、入れた覚えのない手紙が入っていた。

「ロゼッタ様、どうしました？」

動きの止まったロゼッタを不思議に思ったのか、パメラが覗《のぞ》き込んできた。

『レンティーニ家の希望の鍵は、薔薇《ばら》の女神《めがみ》に隠《かく》している』

アントニオの遺言状《ゆいごん》の一文がロゼッタの脳裏《のうり》に浮かんだ。まさかこれなのだろうか？

ロゼッタは何も書いていない封筒《ふうとう》を開き、四つ折りにされた紙を取り出す。

ここに手紙を入れられるのは、アントニオしか考えられなかった。贈《おく》った本人だから、小箱の開け方を知っている。ロゼッタがこれを宝物入れにしていると知っているのも、アントニオだけだ。

何が書かれているのか、緊張《きんちょう》で手が震《ふる》えてくる。鼓動《こどう》がどんどん速くなり手汗《てあせ》も出てきた。

ごくりと息をのみ、ゆっくりと紙を広げた。


【ロゼッタ、君から家族を奪《うば》ってしまったのは私だ。許してくれと言いたかったが、唯一生き残った君を守ることが最優先だと思った。だが本音を言えば、君と一人娘《ひとりむすめ》のダニエラを危険にさらしたくなくて行動できなかったのだ。臆病《おくびょう》な私をどうか許してくれ。そしてできることなら、薔薇の女神に辿《たど》り着いて欲しい】


「アントニオ様の、手紙だわ」

亡《な》き夫からの最後の手紙。ただ許しを請《こ》う手紙。今この手紙が出てきて、どう感じるのが正解なのだろう。

アントニオの気持ちが分かって嬉しい？　許して欲しいって書いてあるから許す？　なんでもっと鍵のことを書いてくれないのと怒《おこ》る？　家族を奪ったとは何のことだと憤《いきどお》る？

そう、ロゼッタの家族を奪ったとは何だ。ロゼッタの家族が死んだのは火事が原因なのに。こんな風に書くということは、あの火事にアントニオが関《かか》わっているのだろうか。そんな話、生前には聞いたことがないのに。

「ロゼッタ様。今からダニエラ様のところへ行きましょう。この手紙、ダニエラ様にも読んでいただくべきです」

パメラの言葉にゆっくりとうなずいた。ダニエラの名前も書かれている以上、読むべきだろう。最後の、父親としての言葉を届けなくてはと思った。

パメラが護衛として付き添《そ》い、すぐにダニエラのいるレンティーニ本邸へと向かった。別邸よりも数倍大きな屋敷で、使用人の数も一時期よりは減ったものの大勢が働いている。

客間へと通されるも、対応した使用人に笑顔《えがお》はない。何をしに来たんだと、いぶかしがるような目で見られただけだった。相変わらずの反応だなとロゼッタは思う。

大きな靴音《くつおと》が響《ひび》いてきたかと思うと、大股でダニエラが客間へと入ってきた。

「いきなりの訪問ね。鍵が見つかったのかしら？」

忙《いそが》しそうな様子に、ロゼッタは圧倒《あっとう》される。

「いえ、鍵は見つかっていません。ですが手紙を見つけました」

ロゼッタは、おずおずと手紙をダニエラに差し出す。

ダニエラはそれをいぶかしげに受け取り、読み出した。

「なにこれ……今さらこんな懺悔《ざんげ》読まされて、どうしろっていうのよ。鍵のことだって、なによこの書き方、要領を得ないわ」

ダニエラの手が震えだした。

「ロゼッタ、この手紙はいつ見つけたの？」

「これは今日見つけて、すぐにこちらへ来ました」

ロゼッタの返答に、すぐに質問が重ねられる。

「そう、どこにあったの？」

「アントニオ様にいただいた小箱の中に入っていました」

ダニエラの眉間《みけん》に皺《しわ》が寄った。今、ただでさえ良くないダニエラの機嫌《きげん》がさらに悪くなったのだとロゼッタは観念する。

「そんな分かりやすいところに？」

「申し訳ありません。普段《ふだん》、滅多《めった》に開けることのない箱でしたので、気付かなかったんです」

指摘《してき》されてみればその通りだ。さっさと見つけていれば、何か変わっていたかもしれないのに。

「どうしてお父様はあなたを選んだのかしら。いや、私がそれくらい嫌《きら》いだったということね」

「違《ちが》います。ダニエラ様は誤解されてるんです。アントニオ様はあなたをとても大事に思っていらっしゃいました」

「どうだかね。もういいわ、なんの役にも立たないこんな手紙、いらない」

ダニエラは、ロゼッタに向かって紙を投げた。ひらりひらりと舞《ま》った後、床《ゆか》に紙は落ちる。

確かにアントニオの手紙は、どう受け取っていいのか分からない内容だった。けれど、公《おおやけ》の遺言状に書けない、私的な最後の気持ちが書かれているものだ。それをこんな捨てるように投げるなんて。

「ダニエラ様！　拾ってください。これはアントニオ様の最後のお気持ちです。床に捨てていいものじゃない」

ダニエラに向かって大声を出した。

たぶん初めてだと思う。その証拠《しょうこ》に、ダニエラは目を見開いて驚《おどろ》いているのだから。

「急に、な、なによ」

「私のことはどんなに嫌いでも構いません。ですが、アントニオ様のお気持ちまで、勝手に決めつけて嫌わないでください」

「お父様の気持ち？　そんなの……知らないわよ。領地のことばかりで、お母様のことも私のこともほったらかし。それでも、領地のために頑張《がんば》ってるのであれば許せたのに。晩年はもうろくして政敵に足下《あしもと》をすくわれ、若い女にうつつを抜《ぬ》かして、とんだ笑いものに成り下がった。こんな意味の分からない懺悔の手紙も昔のお父様だったら残さない。レンティーニ家のためになるようなことを書き残したに違いないのに！　気分が悪い、失礼するわ」

ダニエラの誤解を今こそ解くべきだとロゼッタは思った。けれど、興奮したダニエラは部屋を出て行こうとしている。

「待って、話を聞いてください」

ロゼッタが言い募《つの》るも、ダニエラは足を止めない。けれど、いつのまにか扉《とびら》の前にパメラが立っていた。それも門番のように、ど真ん中に。

「どきなさい、パメラ」

ダニエラがパメラを睨《にら》み付けている。けれど、パメラはたじろがなかった。

「いいえ、どきません」

「……パメラ？　もしかして、あなたまであの女にたぶらかされたの」

ダニエラの片眉《かたまゆ》がぴくりと動いた。

「違います。たぶらかされてなどいません。ロゼッタ様は、ありのままであの姿なのです」

「何が言いたいの」

「ダニエラ様の立場を考えれば、ロゼッタ様のことが気に入らないのは分かります、当然のことだとも思います。ですが、もうお父上様はいらっしゃらないのです。そろそろロゼッタ様本人を見てはいかがでしょうか、とお伝えしたいのです」

パメラの言葉に、ロゼッタは胸が熱くなる。そんな風にダニエラに提言してくれる人なんて、今まで誰《だれ》一人としていなかったから。

「じゃあ、あなたが見たロゼッタは、どんな人間だって言うの」

「そうですね、生活能力がなくて子どものような人です。どう考えても色気で男はたぶらかせません。私の方がよっぽど男を手玉に取れます。言っていることも甘くて、理想論ばかり。自分にできることをしたいと前向きになったものの、子どもに騙《だま》されて殺されるところでした。養護院に行って泥《どろ》だらけになって帰ってきて私の洗濯《せんたく》仕事を増やします。養護院を通じて街の人々とも交流し、何が必要なのか自分なりに考えていらっしゃいますが、今のところこれといった成果はありません」

パメラはすらすらと、褒《ほ》めているのか貶《けな》しているのか分からないことを述べていく。これがパメラが感じた、ロゼッタへの評価なのだ。つまり、まだなんの成果もない。あるのは、どうにかしたいという気持ちだけ。

ダニエラは、黙《だま》ってパメラの言葉を聞いていた。

そして、ふっと小さく笑った。そう、笑ったのだ、あのダニエラが。

「全然ダメじゃないの。でも、まぁ分かったわ」

パメラがほっとしたように息をはいた。

「じゃあロゼッタ様のお話を聞いていただけますか？」

けれど、ダニエラは首を横に振《ふ》った。

「悪いけど、それはできないわ。時間がないの。別に意地悪で言ってるわけじゃないから。ブルク侯爵《こうしゃく》のところでの晩餐《ばんさん》会に呼ばれているのよ。もう支度《したく》して出掛《でか》けないと間に合わない」

ダニエラは申し訳なさそうに言う。どうやら本当に用事があるようだ。考えてみれば、ダニエラの都合も考えずに押しかけたのはロゼッタの方だった。

「それは、お仕事のお邪魔《じゃま》をして申し訳ありません」

「あなた……私を笑わないのね。レンティーニ家が傾《かたむ》いているときに晩餐会だなんて、文句言われても仕方ないのに」

ダニエラは疲《つか》れたようにため息をこぼした。いつもエネルギッシュなダニエラしか見たことがないから、ロゼッタは胸が震《ふる》えた。初めて弱いところを見せてもらえたのだ。

「そんなこと思いません。ダニエラ様が懸命《けんめい》にレンティーニ家を立て直そうとしていることは、ちゃんと分かっています」

貴族の付き合いに社交は必要だ。社交の場に出ないと、爵位があっても格下扱《あつか》いされるのだ。晩餐会の招きにも応じられない家だと思われ、どんどん侮《あなど》られてしまう。ロゼッタの父がそうだったから、ダニエラの胸中は痛いほど分かる。

「ダニエラ様。私、鍵《かぎ》を絶対に見つけてみせます」

「ふふ、急にどうしたの。でもまぁ期待してるわ。遺言状《ゆいごん》の通り、協力というものをしてみるべきなのかもね」

ダニエラが足早に戻《もど》ってくると、床に落ちている手紙を拾ってロゼッタに差し出した。ロゼッタは両手でそれを受け取る。

「期待していてください、ダニエラ様。またあらためてお伺《うかが》いしますので、そのときは私の話も聞いてください」

「ええ、約束するわ」

これ以上ダニエラの時間を取るのも申し訳なく、ロゼッタはそのまま退室した。

ダニエラに伝えることはできなかったけれど、初めてダニエラと喧嘩《けんか》別《わか》れせずに済んだことに、心がふわふわと軽くなる。そして次に会うときには、アントニオが前妻とダニエラのことを、どれだけ慈《いつく》しんでいたかを伝えようと思った。


別邸《べってい》に帰り、自室でロゼッタは考えていた。薔薇《ばら》の女神《めがみ》とは結局なんだろうかと。

手紙が隠《かく》されていた小箱が薔薇の女神かと思った。けれど、中に入っていた手紙には『薔薇の女神に辿《たど》り着いて欲しい』と最後に書いてあった。つまり、この小箱は薔薇の女神ではなかったのだ。

加えてロゼッタが見つけるであろう手紙に、この文面を書くということは……薔薇の女神はロゼッタではないということになる。ロゼッタが薔薇の女神を見つけるのだから。

それに、ダニエラのある言葉が引っかかっていた。

『こんな意味の分からない懺悔《ざんげ》の手紙も昔のお父様だったら残さない。レンティーニ家のためになるようなことを書き残したに違いないのに！』

ダニエラはアントニオが晩年もうろくしたと言っていたけれど、ロゼッタはそうは思わなかった。確かに高齢《こうれい》で体は衰《おとろ》えていたけれど、頭の回転は衰えていたとは思えない。死ぬ間際《まぎわ》まではきはきとしゃべっていたし、話題もウィットに富んだものだった。ロゼッタはアントニオの話し相手をすることを退屈《たいくつ》だと思ったことはなかったし、むしろ楽しかった。

だとするならばだ。この手紙は、ただの懺悔の手紙じゃないかもしれないと思った。

「でも、内容はただの懺悔なのよね……」

手紙を穴が開くほど見つめても、内容が変わるわけではない。

「ん？」

だけど、あることに気が付いた。

「この便せん、レンティーニ家の紋章《もんしょう》が入っていないわ」

アントニオが常に使っていた便せんには、レンティーニ家の紋章が印刷されていた。それが入っていないということは、あえて入っていない便せんに書いたのだろうか？

「だとしたら、この便せんは何の紙かしら」

見た目は無地で、なんの手がかりもない。では、と何となく匂《にお》いを嗅《か》いでみる。

「ん、んん？」

くんくんと、嗅ぎすぎて逆に分からなくなる。しばらく待ってから、再び匂いを嗅いでみる。

「これ、バラの匂いが微《かす》かにする。しかも、なにか懐《なつ》かしい……」

一瞬《いっしゅん》、無臭《むしゅう》かと思うくらいの微かな匂いだ。しかしこの匂いは、頭の中にしっかり染《し》みついた懐かしい匂い。

「これ、お母様の香水《こうすい》の匂いだわ！」

ロゼッタの母は、フェリオ家で育てているバラを使って、自分で香水を作っていた。世界で唯一《ゆいいつ》の匂いだ。間違《まちが》えようがない。

「やっぱり、アントニオ様はもうろくなんてしてなかった。ちゃんと手がかりを残してくれたのよ」

あの聡明《そうめい》で賢《かしこ》い、国王からも頼《たよ》りにされていたアントニオなのだから。

公開される遺言状には書けない事情があったのだ。こんな分かりづらい細工をしなければならないほどの何かが。それが何なのか、まだ辿り着けないけれど、確実に一歩進んだ。

「この便せん、形が……真四角に近いわね」

ロゼッタの母が使っていた香水の匂いがするということは、この便せんはフェリオ家のものの可能性が高い。何かしらの連絡《れんらく》を母か父かが、アントニオに手紙にしたためて送った。その便せんの、例えば二枚目は二行くらいしか書いてなかったりして、その部分を切って使ったのかもしれない。

「頭がごちゃごちゃしてきたわ」

アントニオが、分かる者だけに残した鍵への手がかり。

薔薇の女神は自分ではないと思ったけれど、母の香水やフェリオ家の便せんを使っているということは……。

「もしかして私のなかに、鍵への手がかりがあるのかしら？」

根本的に大きな勘違《かんちが》いをしていたのかもしれない。

レンティーニ家の希望なのだから、レンティーニ家にまつわる場所やものだろうと思っていた。そこに隠された遺産があって苦境を乗り切れるのだと。

だけど、アントニオが残した手がかりは、ロゼッタの実家であるフェリオ家を示すものだ。

「レンティーニ家じゃなく、フェリオ家に縁《ゆかり》があるの？」

甚《はなは》だ疑問だが、アントニオの手がかりをたぐると、そういう答えに辿り着く。それにロゼッタから家族を奪《うば》ったと書いてあった、あの意味は？　つまりフェリオ家のあの火事が、何かからんでいるのだろうか？

「あー、分からないわ」

ロゼッタは降参とばかりに、ベッドに倒《たお》れ込む。

レオの顔が浮《う》かんだ。こんなとりとめのない話を聞いてくれるのは、レオしかいないと思った。けれど、レオは怪我《けが》で安静にしていなければいけないし、そもそも気まずくて話せる雰囲《ふんい》気《き》でもない。

「どうしよう」

ロゼッタは困り果てて、そのままごろごろとベッドを転がる。そして、ベッドの端《はし》から床《ゆか》にそのまま落ちたとき、良い相談相手がいたことを思い出した。

「今こそ頼るべきだわ。きっと助けてくれる」

フェリオ家のことを相談するなら適任がいる。ロゼッタの父の部下だったイヴァンだ。それに、鍵について何か分かったら知らせると約束していた。フェリオ家に関係があると分かったら、懸賞《けんしょう》金の犯人も絞《しぼ》れるかもしれない。

相談があると手紙を出すと、イヴァンは翌日すぐに馬車に乗ってやってきた。まだ昼前だ。こんなに早くやってくるとは思わず、ロゼッタはまだバラの世話をしていた。

「ごめんなさい。まだお迎《むか》えの準備すらしていなくて」

「大丈夫《だいじょうぶ》さ。ロゼッタから連絡があるなんて珍《めずら》しいから、飛んできてしまったよ」

イヴァンが微笑《ほほえ》みながら、気にするなと手を振《ふ》ってくる。

「すぐに準備するので、待っていてもらってもいいですか？」

「気遣《きづか》いはいらないよ。せっかくだから、ロゼッタが精魂込《せいこんこ》めたバラを見ていてもいいかい」

イヴァンはぐるっと辺りを見渡《みわた》し、再び微笑んだ。なんだかイヴァンの機嫌《きげん》が良さそうに見える。何か良いことでもあったのだろうか。

「構いませんよ。では、少し奥に東屋《あずまや》がありますので、そちらに行きましょう」

ロゼッタは、イヴァンをバラ園の真ん中にある東屋に案内した。

バラ園のほぼ中央にある東屋は、柱が五本あり、上に円形の屋根がついている。蔓《つる》バラが程《ほど》よく絡《から》みつき、花が咲《さ》くととてもロマンチックな風景になる場所だ。

「わざわざ手紙を出すくらいだ。アントニオ様の遺言《ゆいごん》状に関して、進展でもあったのかい」

「そうなんです。鍵はまだ見つからないんですけど……もしかして、遺言状に書かれていた鍵はレンティーニ家ではなく、フェリオ家に縁のものではないかと思いまして」

何故《なぜ》そう思ったかを説明する。イヴァンは熱心にうなずきながら聞いてくれた。

「なるほどね。新たに見つかった手紙から、フェリオ家ではと考えたわけだ」

「そうなんです。でも、そこから行き詰《づ》まってしまいまして。どうしてレンティーニ家の再興に、フェリオ家が関《かか》わるのかが分からないのです。なので、お父様の部下だったイヴァン様なら、何かご存じないかと思い連絡したのですが」

「……フェリオ子爵《ししゃく》は亡《な》くなる前、ロゼッタに何か言ってなかったのかい？」

イヴァンが真剣《しんけん》な眼差《まなざ》しで見てきた。何か大事なことを見抜《みぬ》こうというかのように。

「え、えぇ、別にこれといって。火事のあった日も、お父様は普通《ふつう》に書斎《しょさい》でお仕事をしていました。確かにちょっと根を詰めていたように思えましたが、特に何かを言われた記憶《きおく》は……」

ふと、父との最後のやり取りを思い出す。

忙《いそが》しそうな父が心配で書斎にお茶を持って行ったら、極秘《ごくひ》の仕事をしているからしばらく書斎には来ないようにと言われたのだ。のんびり屋な父とは思えないほどピリピリしていたように思う。

「思い当たることがありそうだね」

「何か極秘の仕事をしていると言われました。イヴァン様はお手伝いをしていたのでは？」

「いや、僕は普段の仕事しか手伝ってなかったんだ」

頼《たの》みの綱《つな》だと思ったイヴァンも、父が何をしていたのか知らないとは。

イヴァンがぱっと顔を上げると、もしかしてと言いだした。

「遺言状は、レンティーニ家の薔薇《ばら》の女神《めがみ》ではなく、フェリオ家の薔薇の女神ってことだとして。もしかして、ロゼッタの大叔母《おおおば》様に関連してるとか」

「確かに、それは考えつきませんでした。でも、なくはない……っ」

ロゼッタの頭にある光景が浮かんだ。

「私、これからフェリオ家に向かおうと思います」

「何か分かったのかい」

イヴァンが期待を込《こ》めた目で見つめてくる。

「確信は持てませんが……調べてみる価値はあると思います」

ロゼッタはうなずく。

「じゃあ、一緒《いっしょ》にフェリオ家に行こう。僕も何か協力できるかもしれないしね」

「ありがとうございます。では、パメラに出掛《でか》けることを伝えてきますので、お待ちに――」

ロゼッタが立ち上がると、イヴァンに制止された。

「待ってロゼッタ。あの侍女《じじょ》には言わない方がいい」

「どうしてでしょう？」

「ダニエラ様の侍女だ。ダニエラ様のために、ロゼッタの手柄《てがら》を横取りしてしまうかも」

イヴァンが真剣な表情で、ロゼッタを見上げてくる。その必死な様子に、こんなにも心配してくれているのかとロゼッタは驚《おどろ》いた。

「パメラはそんなことしませんから、大丈夫ですよ」

「いや、ダメだ。君は危機意識が欠けてるからね。そんな簡単に敵を信用しちゃいけないよ」

敵ってパメラのことだろうか？　そんなわけないのに。そう思えど、ダニエラに叱責《しっせき》されて萎縮《いしゅく》していたロゼッタしか知らないイヴァンにしてみたら、そう見えるのだろう。

なんとかイヴァンの思い込みを解きたかったが、イヴァンはロゼッタの腕《うで》を摑《つか》むと歩き始めてしまう。

「イヴァン様、待って。護衛としてもパメラが必要です。私と一緒にいると、殺し屋に狙《ねら》われてしまいます」

「大丈夫。僕だってこうみえて鍛《きた》えてるんだ。僕が守るから安心して。それに馬車で来たから、歩きの移動よりも安全だよ」

イヴァンは問答無用でバラ園を突《つ》っ切っていく。そしてロゼッタは、イヴァンが乗ってきた馬車に押し込まれてしまったのだった。

結局、パメラにもレオにも外出する旨《むね》を伝えられないまま、ロゼッタは馬車に揺《ゆ》られていた。

「それで、ロゼッタは何に気が付いたんだい」

「実は、フェリオ家にも『薔薇の女神』と呼ばれるものがあったのです」

三年ぶりに来た実家は火事後のままだった。全体的にすすで汚《よご》れていて、火元と思われる客間のあたりは真っ黒で壁《かべ》は焼失している。柱だけになった部分をくぐり、イヴァンは先へと進んで行った。

けれど、ロゼッタは三年経《た》っても消えない焦《こ》げ臭《くさ》さと慣れ親しんでいたものが焼け焦げている景色に、だんだんと冷や汗《あせ》がにじんできた。

火事の恐怖《きょうふ》が蘇《よみがえ》ってくる。あの夜、煙《けむり》で目が覚め慌《あわ》てて廊下《ろうか》に出た。両親と弟の安否が気になり寝室《しんしつ》へ行こうとしたが、炎《ほのお》が激しくて身動きが取れなかった。とにかく逃《に》げられる方向へと進み、気が付いたら一階のテラスに辿《たど》り着いていた。

ロゼッタ一人だけが逃げ出したのだ。家族を置き去りにして。

誰《だれ》もそれを罪だとは言わなかった。でもロゼッタにとっては罪に思えた。その罪がこの場所へ来たことにより、生々しく追いかけてくる。過去の残像に襲《おそ》われ、呼吸が浅くなり苦しくなってきた。

「ロゼッタ、薔薇の女神はどこ？」

お、お父様達の寝室です、
ふらつくロゼッタのことには気付かずに、イヴァンはどんどんと進んでいく。

「ロゼッタ、足下《あしもと》気を付けて」

イヴァンが定期的に声をかけてくる。でも、言葉ではロゼッタに気を配っているが、視界に入っていないのは確実だ。だってロゼッタは冷や汗を浮かべ、今にも倒れそうになっているのだから。いつものイヴァンなら、ロゼッタの様子に気が付いてくれるのにおかしい。でも、ロゼッタのために協力してくれているのだ。我慢《がまん》しなければと必死でイヴァンの後を追う。

「ロゼッタ、この部屋だね。どこに薔薇の女神があるんだい」

両親の寝室は、かろうじて家具が形をとどめている程度。綺麗《きれい》に黒く焦げている。母はここで見つかったのだ。思わずこみ上げる吐《は》き気を必死で抑《おさ》える。弟は廊下で力尽《ちからつ》きていて、父は客間で見つかった。自分だけが息をして動いている。その罪悪感が消えることはない。

「こっち、です」

奥の方へと視線を動かす。そこにはかつて笑顔《えがお》でたたずむ女性の絵が飾《かざ》ってあった。ロゼッタの母を描《えが》いた肖像画《しょうぞうが》だったけれど、父はそれを「僕の薔薇の女神だよ」とロゼッタによく言っていたのだ。

けれど今目の前にあるのは、黒焦《くろこ》げになった四角い何かだった。もう父の『薔薇の女神』は焼けてしまった。

ロゼッタはふらつく足を叱咤《しった》し絵画へと歩み寄る。そっと手を伸《の》ばした。手に取るとぼろぼろと墨《すみ》と化した部分が取れていく。それと一緒に、硬《かた》いものが一つ床《ゆか》に落ちた。

「えっ……鍵《かぎ》？」

ロゼッタが呟《つぶや》いた途端《とたん》、イヴァンがそれを素早《すばや》く拾った。

「鍵だ。あった、鍵だ。どうりで探しても見つからないはずだ。こんな壁と同化して黒焦げになってたら、絵があっても気付くわけがない」

イヴァンの目はぎらぎらと輝《かがや》いていた。イヴァンはこの屋敷《やしき》の中を捜索《そうさく》したことがあるのだろうか？　どうしてだろう。

「これで金庫が開く。おいで、ロゼッタ」

イヴァンに腕を摑まれた。振《ふ》り払《はら》いたかったけれど力が出ない。ロゼッタは引きずられるように歩いた。

何かが違《ちが》うと、頭の中で警鐘《けいしょう》が鳴り響《ひび》く。

ロゼッタが見つけた鍵。

あれはアントニオが示した、レンティーニ家の希望の鍵だ。

でも、なんの鍵なのかなんて分からないはずなのに。イヴァンはすぐに金庫だと言った。

ロゼッタは大きな間違いを犯《おか》しているのではと思う。けれど、息が上手《うま》く吸えなくて、全然考えがまとまらない。何がおかしいのかまで辿り着けない。

屋敷は骨組みは残っているものの、床は焼け落ちている部分も多く歩くのが大変だ。

イヴァンは書斎の前で止まる。書斎の扉《とびら》は半開きのまま焦げ固まっていた。すると、イヴァンが無言で足を上げたかと思うと、焦げ固まった扉を蹴《け》り破る。扉は金具ごと外れて、書斎の内側へと倒《たお》れていった。

灰と埃《ほこり》が舞《ま》い上がり、ロゼッタは咳《せ》き込む。イヴァンらしくない乱暴な仕草だ。

「こうでもしないと入れないかと思って。悪かったね、大丈夫《だいじょうぶ》？」

イヴァンが心配そうに、ロゼッタの背をさする。けれど、触《ふ》れられるのが嫌《いや》だと思った。

「は、はい。大丈夫です」

すっとイヴァンから離《はな》れる。すると、イヴァンの眉《まゆ》がぴくりと動いた気がした。やっぱり今日の彼はおかしい。怖《こわ》い。今まで怖いだなんて思ったことなどないのに。

イヴァンはすぐに書斎の中に入っていった。ロゼッタもふらふらと後に続いて入る。

「さぁ、ロゼッタ。開けよう」

書斎《しょさい》には金庫が置いてある。だから書斎に来たのかと、ロゼッタはやっと気が付いた。

イヴァンは飛びつくように金庫に近寄り鍵をさした。しばらくガチガチと無理やり動かした後、カチリと何かが回る音がした。

「開いた！　やった」

イヴァンはとても嬉《うれ》しそうだ。こんなにも喜んでいるのはどうして？　ロゼッタのために鍵が見つかって嬉しいというならば、何故《なぜ》、ふらふらな自分に気付いてくれないのだろう。

イヴァンは動きの悪い扉を力尽《ちからず》くで開くと、中身を躊躇《ためら》いもなく摑んだ。出して中身を見ては苛立《いらだ》たしげに床に投げ、新たに出しては床に捨て、書類はほぼ床に投げ捨てられてしまった。

目の前で何が起こっているのだろうか。イヴァンの必死の形相に、ロゼッタは眉を寄せる。

「イヴァン、さま？」

「うるさい。黙《だま》ってろ！」

イヴァンはこちらを見ることもなく、舌打ちをしながら床に散らばった書類を再び確認《かくにん》し始めた。

怒鳴《どな》るという予想外の行動に、ロゼッタは混乱していた。いつも心配してくれて、ことあるごとに会いに来てくれる優《やさ》しい人のはずなのに。そんな人物はもういなかった。

「無い！　なんで無いんだ。絶対にあるはずなのに。フェリオ子爵《ししゃく》は重要な書類は必ず金庫に保管する人だった。あれが残ってるとまずいのに」

イヴァンは手にしていた書類の束を、思い切り床にたたきつける。

ロゼッタはゆっくりと後ずさりをし始めた。何もかもがおかしい。目の前にいる人物は、何者なのだ。

鍵を見た瞬間《しゅんかん》、イヴァンはとても喜んだ。そして鍵が金庫のものだと知っていた。そもそも、ロゼッタに鍵を捜《さが》すように言ったり、何か分かったら連絡《れんらく》してとも言っていた。つまり、イヴァンは『レンティーニ家の希望の鍵』を欲《ほっ》していたのだ。

そして今、ロゼッタの様子を見ても、心配すらしないイヴァン。パズルのピースがはまっていく。とても嫌な方向に。

「ロゼッタ、ここに入ってるはずの書類があるんだ。何か聞いてないかい？」

「書類？　ええと、ど、どんな書類でしょうか」

さっきから書類、書類とそればかり。その書類でレンティーニ家の没落《ぼつらく》を救えるのだろうか。金貨なり宝石なり、そういうものだとばかり思っていたのに。

「何も知らないのか？　そうか……いや、そんなわけがない。鍵の在処《ありか》に辿り着けるのは君だけだ。ということは、君がどこかに移動させたんだろ」

イヴァンがじりじりと迫《せま》ってくる。

「本当は犯人をあぶり出すために、知らない振りをしてたんだろ。じゃなきゃ、ここに入ってないなんてあり得ない！」

「……つまり、イヴァン様が犯人だと、そういうことですか？」

ロゼッタは、震《ふる》える声で問いただした。

金庫に何が入っていたかなんて知らない。でもイヴァンの吐き出した言葉達、それらをまとめれば、レンティーニ家の遺産目当てに懸賞《けんしよう》金をかけたのだと、そういうことになる。

「……そうだよ。何だ、今気付いたのか」

イヴァンは瞬時に表情が抜《ぬ》け落ち、真顔になった。

やはりという気持ちと、どうしてという気持ちが、胸の中でぐちゃぐちゃに混ざる。

「泣いてばかりいた君の御機嫌《ごきげん》取りは大変だったからな。もうしなくていいかと思うと、せいせいする」

イヴァンはずっと優しげな仮面を被《かぶ》っていたのだ。その仮面が今外れた。イヴァンの素顔は、限りなく無表情だった。

「どうしてなのですか。どうして、私の命まで取ろうとしたんです」

「命……あぁ、懸賞金の方か」

無表情だったイヴァンに笑みが浮《う》かんだ。でもそれは見慣れた優しい笑みではなく、歪《ゆが》んだ嘲笑《ちようしよう》だった。

「懸賞金以外にも、何かあるのですか」

「なあ、知ってどうする？　どうせ、もう君は死ぬ運命だ」

ロゼッタはごくりと息をのむ。イヴァンは懸賞金だけでなく、他《ほか》にも何かをしている。そして、それはロゼッタに大きく関《かか》わっているのだろう。

「自分の手で殺したくはなかったんだがな……懸賞金をつり上げたのに意味がなかった」

イヴァンはがっかりしたと、大きなため息をついた。

「な、なら、殺すのはやめにしたら、いかがでしょうか」

ロゼッタは必死にひきつった笑みを作る。

「それはできない相談だな。何も知らないし知ろうとしない、僕を一番頼《たよ》りにしているままの君だったら考えても良かったけれど。他のやつを頼りにしている君は、正直目障《めざわ》りだ」

それは、イヴァンの保護下で余計なことはせず、人形のようにしていれば、という意味だろうか。でも、それは生きていても、死んでいるのとさほど変わらないのではと思ってしまう。

今までそうやって生きてきたことをロゼッタは後悔《こうかい》している。レオに出会って、たくさんのことを知り、いろんな感情が動き出した。これが生きているということだ。

「せっかく自分の手は汚《よご》さずにけりを付けようと思っていたのにな。殺し屋っていうのは残念な奴《やつ》らばかりだ。鍵を奪《うば》えと条件をつけたのだから、鍵を見つけるように脅《おど》すなり懐《ふところ》に潜《もぐ》り込んで誘導《ゆうどう》するなり、頭を使うのかと思ったが、頭を使ったのは一人だけ。しかもその一人はあっけなくお前に懐柔《かいじゅう》されてやがる」

ロゼッタはレオを思う。確かにレオは、ロゼッタの懐に入るために、あんなに甲斐甲斐《かいがい》しく接してきたのかもしれない。けれど、それのすべてが偽《いつわ》りだったとは思えない。それくらい、レオと過ごした時間は温かく優しいものだった。

「君は自分が不運だと思っているようだが、俺に言わせれば幸運のかたまりだ。一人だけ火事から生き残り、アントニオに大切に保護され、一番強い殺し屋を抱《かか》え込むことに成功した。これのどこが不運な奴だよ。笑わせるな」

イヴァンは引きつった笑《え》みを浮かべた。その猟奇《りょうき》的な威圧感《いあつかん》に、自然と体が震えてくる。何をされるか分からない、そんな雰囲気《ふんいき》が漂《ただよ》っていて怖くてたまらない。

「私は……そう、ですね。気付かなかっただけで、とても恵《めぐ》まれていました。それを腹立たしいと思うのならば、甘んじて罵倒《ばとう》でも何でも受け止めます。ですが、まだこの命は奪われては困るのです」

ロゼッタにはやりかけたことがたくさん残っている。屋敷《やしき》のバラ達はロゼッタがいなくなったら誰《だれ》が世話をするのだろう。アントニオから託《たく》されたロゼッタの大切な仕事だ。養護院の子ども達とも約束を果たせないままだ。バラの世話の仕方、加工品の作り方を教える約束。そして、一緒《いっしょ》にレオの作ったバラジャムを試食するという約束。

何より、レオと仲直りできていない。レオを怒《おこ》らせたままだ。レオにちゃんと伝えたい。話をしたい。また一緒に笑いあいたいのだ。

「へぇ、死んで家族のもとに行きたいって泣いてた奴が、そんなこと言うなんて驚《おどろ》いた。でもダメだ。お前はここに来た時点で死ぬんだよ」

要するに、最初からロゼッタを殺すつもりでここに来たのだ。ロゼッタは知らずにイヴァンを手助けし、自分の首を絞《し》めていたということになる。自分の鈍感《どんかん》さには呆《あき》れるしかない。

「イヴァン様が、私の様子を見に来てくれていたのは……私が不都合なことを思い出していないか、考えていないかを心配して、だから様子を見に来ていたのですか？」

「その通りだ。じゃなかったら、好きでもない元上司の娘《むすめ》なんか気にするわけないだろう」

言いながら、イヴァンは床《ゆか》に唾《つば》を吐《は》いた。

イヴァンがこんな冷徹《れいてつ》な人物だったなんて。今まで、自分はイヴァンの何を見てきたのだろう。心地《ここち》の良《い》い言葉をくれる存在に、ただ甘えていただけなのかもしれない。

「じゃあ、そろそろ死んでもらおうか」

イヴァンが上着の内側から拳銃《けんじゅう》を取り出した。その黒光りする銃にロゼッタは背筋が凍《こお》った。殺される。このままだと確実に撃《う》ち殺される。

ロゼッタはすくむ足を叱咤《しった》し、逃《に》げ出そうとする。だが、問答無用で髪《かみ》を摑《つか》まれ、引っ張り戻《もど》された。そのまま髪を焦《こ》げた柱に押し付けられ、ロゼッタは柱に背を預ける形で縫《ぬ》い留められる。髪がちぎれても構わないともがくも全然抜け出せず。拳銃を喉《のど》に突《つ》きつけられ、なすすべがない。

助けて欲しい。以前さらわれたときに願ったように、レオの顔が思い浮かんだ。でも、レオは今怪我《けが》をしている。動けるような状況《じょうきょう》ではない。助けに来られないし、来てもレオが銃で殺されてしまうかも。

それはダメだ。レオは来ちゃダメ。

そう思うのに、せめてもう一度だけ、レオと会いたい。

いろんな心残りがあるなか、一番強く思うのはレオのことだった。

「安心しろ。お前もフェリオ子爵と同じように、火葬《かそう》でおくってやるから」

イヴァンの言い方に、引っかかる。

「お父様と同じように……火葬……まさか、あの火事もあなたなの？」

ごくりとロゼッタは息をのんだ。

「そうだと言ったらどうする？」

ニヤリと笑うイヴァンが、腹の底から憎《にく》らしいと思った。もう肯定《こうてい》しているのと同じではないか。こんなに人を憎く思ったのは初めてだった。それこそ殺意さえわいてくる。なんで、こんな奴にロゼッタの家族は殺されなくてはならなかったのか。

貴族としては貧乏《びんぼう》だったけれど、ロゼッタ達は慎《つつ》ましく生きてきた。これからもそんな風に小さな幸せを噛《か》みしめて生きていく未来があったはずなのに。それを根こそぎ焼き払《はら》ったのだ。

「あなたを、許せないわ」

「へぇ、許せないならどうする？　お前の細腕《ほそうで》じゃ俺は殺せないぞ。懐柔した殺し屋にでも依頼《いらい》するか？」

「──それは、良い案だ」

突如《とつじょ》、いないはずのレオの声がした。

幻聴《げんちょう》だと思おうとした瞬間《しゅんかん》、イヴァンの腕にナイフが刺《さ》さった。反動で銃口がロゼッタから外れる。その瞬間、レオが現れイヴァンを邪魔《じゃま》だとばかりに蹴《け》り上げる。イヴァンは吹《ふ》っ飛び、腹を押さえて唸《うな》ったあと静かになった。どうやら気を失ったようだ。

一方レオの方も、怪我をした肩《かた》が痛むようで眉間《みけん》に皺《しわ》が寄っていた。息もあがっていて、急いで来てくれたのだろうと分かる。

行き先も告げずにいなくなったロゼッタを、捜《さが》して見つけて助けに来てくれた。そのことがすごく嬉《うれ》しくて、でも、満身創痍《そうい》のレオに無理をさせたことがとても申し訳なくて、ロゼッタに対して怒ってたのにちゃんと約束通りに守ろうとしてくれるレオに、心からありがとうと思って。そんないろんな感情がぐるぐると渦《うず》を巻く。はくはくと、ただ口を動かすだけで言葉が出てこなかった。

そんなロゼッタの横に膝《ひざ》をつき、レオが真剣《しんけん》な表情で見つめてきた。

「良かった、間に合って」

ロゼッタも膝をつき、レオの顔を覗《のぞ》き込む。すると、レオは悔《くや》しそうに唇《くちびる》をかんだ。

「レオ、そんな顔をしないで。助けに来てくれてありがとう」

「感謝はいらない。俺が勝手に守りたいだけだから」

レオはふて腐《くさ》れたように、ふいっと視線をそらしてしまう。

「今回も、その前も。私、ちゃんと感謝を伝えていなかった。そして怒らせてしまったことも

ごめんなさい。あんなに怒った理由が分からなくて。分からないままだと、また怒らせてしまうかもと怖《こわ》くなってしまっていたの。ちゃんと向かい合わなかったこと、反省しているわ」

手を伸《の》ばし、レオの頰《ほお》をそっと両手でつつむ。レオが来てくれた安堵感《あんどかん》に、言えなかった気持ちを自然と伝えられた。

「俺は、あんただけはどんなことがあっても殺さない。この身が滅《ほろ》ぼうとも守ってみせる」

レオは決意の籠《こ》もった瞳《ひとみ》を向けてきた。深い海の色がとても綺麗《きれい》で、目が離《はな》せなくなる。

「そう決意したのに、殺されるのも悪くないなんて言われて、本音ではまだ信用されてないんだって、すごいむかついた」

「えっ……？」

驚いて、ロゼッタは手を離した。

レオの切実な思いに胸が痛くなる。自分の不用意な発言が、ここまでレオを傷付けていたな

んて。ロゼッタに信じて欲しかったのに、「殺されるのも悪くない」なんていわれたら、それは傷つくに決まっている。だからレオはあんなにも怒ったのだ。自分の鈍感さが嫌になる。例え話だとしても、レオの本気を疑うような発言はすべきではなかった。

「でも俺は殺し屋だ。簡単に信用できないのは仕方ない、分かってる。だから、俺はもう多くを望まないって決めた」

レオがゆっくりとナイフを取り出した。一度だけ見せてもらった、レオの大事にしている形見のナイフだ。

「あいつを殺してやる。俺に依頼しろ。報酬《ほうしゅう》は、あんたが生きることだ」

レオの告白に、ロゼッタは言葉を失った。

「あんなやつ、生きてる価値ないだろ。殺してやるから、過去に囚《とら》われるな……あんたには、前だけを見て生きて欲しい」

レオが懇願《こんがん》するように、ロゼッタを見つめてきた。

少し離れた場所で気絶しているイヴァンを見る。確かにレオなら、イヴァンを殺せるだろう。だけど、レオが手を下すことを考えた途端《とたん》、ロゼッタの中にあった殺意がしぼんでいく。

自分の憎しみのせいで、レオが罪を犯《おか》すのは嫌《いや》だった。そんなことさせたくない。

イヴァンはロゼッタの家族を火事を起こして殺した。憎くて仕方ないのは確かだ。だけど、それの理由もまだ知らない。殺してしまっては、どうしてそんなことをしたのかを知る術《すべ》が永

遠に消えてしまう。アントニオも亡《な》き今、真相を知るのはイヴァンのみだ。

それに、死ぬというのは逃げだ。ロゼッタも少し前までは死んで楽になるのも良いなと思っていた。でも、それは逃げだと学んだ。だからイヴァンも、死ぬよりも後悔《こうかい》しながら生きて、罪の重さに苦しむべきだ。

「レオ、殺さなくていいわ」

ロゼッタは、ゆっくりと首を横に振《ふ》る。

「でも、俺にはこれしかできることがない。あんたの役に立てないなら、俺のいる意味がない」

「違《ちが》う、いっぱいあるわ！　私に小言を言いながら帽子《ぼうし》を被《かぶ》せて欲しいし、一緒《いっしょ》にパメラに怒られて欲しいし、絵本の騎士《きし》のように私を守って欲しいわ。レオは今まで通り、側《そば》にいてくれるだけでいいの」

出会ったときからレオを信じていた。途中《とちゅう》、少し揺《ゆ》らいでしまったけれど、もう揺らがない。レオはもっとも信頼《しんらい》できるロゼッタの一番の味方だ。そんな大事な人に、罪を犯させるわけにはいかない。

「だから殺しなんて、もうそんなことしないで。レオの手が、血に染まるところを見たくないの。だから、その大切なナイフはもう仕舞《しま》ってちょうだい」

ロゼッタがそう言った瞬間、レオが大切なナイフを投げた。投げた方向はイヴァンの倒《たお》れていた方向だった。

「レオ！」

　まさか殺してしまったのかと、慌《あわ》ててイヴァンの方を見る。すると、イヴァンは焼け焦げた壁《かべ》を背にし、目を見開いて固まっていた。そして、ごとりと拳銃《けんじゅう》が手から落ちる。ナイフはイヴァンの首筋のすぐ横の壁に刺さっており、少しでも動くとその皮膚《ひふ》を切り裂きそうだった。

「大丈夫《だいじょうぶ》です。殺してません。あいつが撃《う》とうとしたからけん制しただけです」

「そう、良かった。殺さないでくれてありがとう！」

　ロゼッタは嬉しくてレオに抱《だ》きついた。

「ろ、ろぜった、さま？」

　レオがあたふたしている様子が、振動《しんどう》で伝わってくる。

「あら、お邪魔だったかしら？」

　そこにダニエラが現れた。後ろにはパメラや他《ほか》の護衛と見られる人々がたくさんいる。大勢がロゼッタ達をニヤニヤした表情で見ていた。

　ロゼッタは急に恥《は》ずかしくなる。だって冷静に考えてみたらレオに抱きついたのだ。いや、冷静に考えるまでもなく抱きついてはいたのだが。でも、それは衝動《しょうどう》的な嬉しさの表れであって、改めて考えるとなんて大胆《だいたん》なことをしてしまったのだろうか。男の人に抱きつくなど、破《は》廉恥《れんち》すぎる行動だ。

　顔を真っ赤にしながらレオから飛び退《の》く。レオはレオで、俯《うつむ》いているが耳が真っ赤だ。

「さぁ、イヴァンを捕縛《ほばく》しなさい。レンティーニ家の人間を殺そうとしたこと、また、レンティーニ家の遺産を狙《ねら》ったことなど、王立警察に引き渡《わた》す前にいろいろと話してもらうから」

ダニエラが指示を出す。護衛の人達がすぐに動き出し、イヴァンは捕《つか》まった。

「ダニエラ様。私のために、護衛を連れて来てくださったのですか？」

「パメラが呼びに来たからよ。対外的には私のお義母《かあ》様ですからね。知った以上、見殺しにしたら寝覚《ねざ》めが悪いわ」

ダニエラは不敵な笑みを浮《う》かべた。素直《すなお》じゃないけれど自分なりの正義を曲げない、そんなところがダニエラらしいと思った。

ダニエラ達が出ていくのを見ながら、ロゼッタは気になることがあった。結局、レンティーニ家の希望とはなんだったのか。鍵《かぎ》は薔薇《ばら》の女神《めがみ》の絵に隠《かく》してあり、その鍵は金庫の鍵だった。ならば、金庫の中に希望が入っていなければおかしい。でも入っていなかったということは、金庫は『薔薇の女神』ではなかったのだ。

ロゼッタは改めて金庫の中を覗いた。書類はイヴァンがすべて外に出してしまったから、中には母の数少ない宝飾品《ほうしょくひん》と、当座に使うためだろう硬貨《こうか》が袋《ふくろ》に入れて置いてある。

「あんなものまで、お父様ったら」

ロゼッタは思わず笑ってしまった。

「何笑ってんの」

レオが不思議そうに金庫を覗き込んできた。

「一番奥の、あの粘土《ねんど》の小物入れ」

「あの不恰好《ぶかっこう》なやつ？」

「……そうだけど、はっきり言わなくてもいいじゃない。あれ、私が幼い頃に作ってお父様に贈《おく》ったものよ」

父にとって、あれは金庫に入れてしまっておくほど大切なものだったのだろうか。あんな粘土の小物入れぐらい、いくらでも作るのに。

『おとうさま、これ、金庫にしまうの？』

『そうだよ。ロゼッタが初めてくれた贈り物だからね』

『おとうさまは贈り物は金庫にしまうの？』

『んーと、贈り物をしまうというよりも、大事なものを入れておきたくなるんだ。でも、見つかりたくない大事なものはね、別のところに隠してるんだ。ここは君のお母様も開けるからね』

父はあのとき、悪戯《いたずら》っ子のように笑った。

『なんで、別のところに隠すの？』

『だって、見つかりたくない大事なものは、彼女にもらったものだから。それを大事に取ってあるのを見つかったら、恥ずかしいだろ？』

幼いロゼッタには、どうして恥ずかしいのか分からなかった。けれど、こんな粘土の小物入れを大事なものとして保管したがる父のことだ。きっと母が贈ったことさえ覚えていないような、ささいな日常のものなのだろう。それを見つかるのが恥ずかしいなんて、父も可愛《かわい》らしい人だなと今になって思う。

では見つかりたくない大事なものを隠した別の場所とは、どこだっただろうか。思い出せ、きっと大切なことだ。ロゼッタは必死に記憶《きおく》を掘《ほ》り返す。

父は二人だけの秘密だよと、教えてくれたはずなのだ。そしてその場所は、結局母も知っていた。母は知らない振りをしてたまにそこにいたから。父が仕事で屋敷《やしき》を離《はな》れているときに、嬉《うれ》しそうに開けて眺《なが》めていたのをロゼッタは見てしまった。その場所はどこだった？

母のつけるバラの香水《こうすい》の匂《にお》い、それに気付いてロゼッタは扉《とびら》を開けたのだ。あの扉は立て付けが悪くてキィキィと音が鳴った。ざらっとした手触《てざわ》りで、そう、開けた後に手を払《はら》った。土がついたから。

「レオ、ついてきて。一緒に来て欲しいところがあるの」

雑草だらけの荒《あ》れ地を歩く。ここはフェリオ家のバラ園があった場所だ。でも、火事で焼けてしまい何も残っていない。そこを突《つ》っ切るとレンガ造りの小屋があった。バラの世話に使う道具などをしまうために造られた小屋で、ロゼッタの子どもの頃《ころ》の遊び場所の一つだった。

レンガ造りのため焼けるのは免《まぬか》れている。これが木で造られた小屋だったら、もう終わりだっただろう。ロゼッタは、立て付けがさらに悪くなった扉を体重を掛《か》けて開けた。

「本当に、残ったのが奇跡《きせき》ね」

扉は木製だった。けれど、燃えさかるバラ園とは逆の位置に扉があったので、中も焦《こ》げることなく残っている。

ついてきたレオは、きょろきょろと不思議そうに小屋の中を見回していた。

小屋の中は棚《たな》が壁一面に備え付けられていた。道具が雑多に入れられている。そして、上の方の棚は物の落下を防ぐために扉が付けられていた。大きな剪定《せんてい》ばさみや、枝を支える支柱は収まりきらずに床《ゆか》に落ちている。もしかしたらイヴァンが捜《さが》した後なのかもしれないけれど。

真ん中には長細い作業台が置いてあり、ここで薬剤《やくざい》を配合したりしていた。

「お父様はね、見つかりたくない大事なものは、ここの戸棚《とだな》に隠してたの」

あの書斎《しょさい》の金庫には、イヴァンの求めていたものはなかった。つまり、アントニオが遺言状《ゆいごんじょう》で書き残した、レンティーニ家の希望に繋《つな》がるものはなかったのだ。でも、絶対にフェリオ家にそれはあるはずなのだ。アントニオが嘘《うそ》をつくはずがないから。

では金庫にあると思われた、イヴァンが欲《ほ》しがり、レンティーニ家が再興できるものはどこにあるのか。もう、ここ以外に考えられなかった。

「こんな、小屋の戸棚に？」

「ええ。あんな頑丈《がんじょう》な金庫があれば、誰《だれ》だってあそこに重要なものをしまうと考えるわ。だからこそ、お父様はここに隠したのよ。いざというときのために。そして、アントニオ様だけに金庫以外の場所に隠したと伝えていた」

父はいったい、何をここに隠したのだろうか。

ロゼッタは戸棚の扉に手を伸《の》ばす。子どもの頃のロゼッタには届かなかったが、今のロゼッタなら容易に手が届く。キーと耳障《みみざわ》りな音を立てながら開いた。

「何も、入ってない」

レオが気落ちした表情でこちらを見る。けれど、ロゼッタは気にしなかった。

「大丈夫《だいじょうぶ》よ。ここを軽く叩《たた》くと……」

奥の板を叩くと、斜《なな》めになり隙間《すきま》ができる。その隙間に手を入れて板を外した。すると、鍵の付いた扉が出現する。

「ほらね、大丈夫でしょ」

そのまま鍵を手に取る。数字を合わせると開けられる鍵、そして数字は母の誕生日だ。

あっけないほど簡単に、鍵はカチリと開いた。鍵を取り外し棚を開ける。すると、目に入ってきたのは大量の書類だった。

「なに、これ」

一番上の書類を手に取る。すると、アントニオ宛《あて》の手紙の下書きだった。父の筆跡《ひっせき》で、要点が箇条書《かじょうが》きにしてある。

・レンティーニ家の納税履歴《りれき》

ちゃんと支払《しはら》っているのに、どこかで誰かに差し替《か》えられている。

・ザーツ伯爵《はくしゃく》の納税履歴

書類に不自然な部分がある。詳細《しょうさい》は会って伝える。

・役人の中に、ザーツ伯爵に通じているものがいる。

書類を改ざんできるのは役人だけだが、それが誰なのかは不明。

ここが分からないと、また足をすくわれかねない。告発は慎重《しんちょう》にすべき。

「これは……お父様はレンティーニ家の、アントニオ様の汚名《おめい》を晴らそうと調べていたの？」

父は役人として徴税《ちょうぜい》を管理していた。税金関係を調べるのは仕事の一環《いっかん》とも言えるし、そもそもアントニオに対して恩を感じていた父は、恩返しとして今度はアントニオを救おうと奮起したのだろう。

では、メモと共に入っているこの書類こそが、アントニオの潔白を証明するものであり、且《か》つ、アントニオを陥《おとしい》れた政敵を示す証拠《しょうこ》なのだ。けれど政敵には協力者がいて、その協力者が分からなくて告発できずにいた。そこで足踏《あしぶ》みしている間に父は火事で死んで、いや殺されてしまったのだ。

父が分からなくて困っていた役人の内通者はイヴァンだったのだ。これで、すべて繋がった。イヴァンは父の部下だった。いくら父が詳細を話していなくても、一緒《いっしょ》に仕事をしていれば、彼なら何をしているのか気付くだろう。そして、自分の保身のために父を、母や弟までもを巻き添《ぞ》えに殺したのだ。

「やっぱり殺そうか？」

レオが心配そうに覗き込んでくる。

「私、そんな険しい表情をしていた？」

「まぁ……なんとなく」

「ごめんなさい。でもレオ、もう殺しはダメって言ったでしょ。確かに殺してやりたいほど、憎《にく》らしいと思ってる。それでも殺しちゃいけないのよ」

憎いし死んでしまえと思う気持ちはある。けれど、死が必ずしも罪滅《つみほろ》ぼしにはならないことを、ロゼッタはもう知っている。ロゼッタの中で死は解放だからだ。罪から解放し、楽になんてさせない。

「さぁ、レオ。一緒にこの証拠を運びましょう」

もう告発の準備は整った。証拠はここにあり、内通者も捕《つか》まえたのだから。

ちゃんと遺言状には最初から書いてあったのだ。

【レンティーニ家は娘《むすめ》に任せる。母と協力して前に進んで欲しい。レンティーニ家の希望の鍵《かぎ》は、薔薇《ばら》の女神《めがみ》に隠《かく》している】

遺言状には二重の意味が込《こ》められていた。単純に、ダニエラとロゼッタが協力して家を支えていって欲しいということ。もう一つは、ロゼッタの『母』を手がかりに前に進んで欲しいということだ。『鍵』とは金庫の鍵ではなく、手がかりという意味の鍵だったのだ。

ロゼッタとアントニオは、形式上だろうが夫婦だ。つまり、ロゼッタの母はアントニオにとっても母ということになる。そして、父から薔薇の女神と称《しょう》される母。その母に隠している場所に書類を隠していた。

レンティーニ家の希望は、薔薇の女神の中に隠してあるのではなく、薔薇の女神から隠している場所にあったのだ。

アントニオは、希望へと繋がる手がかりを残していた。それをちゃんと掴《つか》めたのだ。

これでレンティーニ家は救える。アントニオに助けられてばかりだったけれど、ロゼッタも少しは恩返しができただろうか。

第八章　明るい未来に照らされた影

　翌日、レンティーニ家の本邸《ほんてい》にロゼッタ達は集まっていた。証拠を目の前にして、イヴァンももう逃《に》げられないと観念したらしく、ダニエラの取り調べに素直《すなお》に答えている。

　それをロゼッタはただ見ていた。いや、本当は叫《さけ》び出したくてたまらなかったが、必死で悔《くや》しさと憎しみを押しとどめる。

「ではイヴァン。最初からまとめると、まずザーッ伯爵から話があったのね。協力する代わりに王城への配属を手引きしてくれると」

　本邸の書斎で、ダニエラが中央で仁王《におう》立ちしている。その目の前にイヴァンが手錠《てじょう》をかけられた状態で座っていた。逃走《とうそう》防止のために扉《とびら》と窓の前には護衛が立っている。ロゼッタとレオは部屋の端《はし》にいた。

「……はい。伯爵は王城の役人と懇意《こんい》にしていて、そのつてで王城配属にしてくれると持ちかけてきました」

「この書類を見る限り、お父様がちゃんと納めた税金の、半分近くが国に届く前に無くなっているわね。そして同じ年のザーッ伯爵の財産、ちゃんと納税していることになっているくせにさらに増えているわ。つまり、レンティーニ家の納税した分を横取りしたのね。そして、横領した罪だけをお父様になすりつけた」

　今はざっと見ただけだけど、時間を掛《か》けて確認《かくにん》すればそれは証明できるとダニエラは言う。ロゼッタには読んだところで何も分からないが。ダニエラが自信を持って言うならそうなのだろう。

「ザーッ伯爵はお父様のことを嫌《きら》っていたようだから、こんなことを仕組んだのね。ザーッ伯爵の目論見《もくろみ》通りにレンティーニ家はまんまと没落《ぼつらく》し、しかも横領した多額のお金も手に入れることに成功した……と」

　ダニエラが、ぎりっと歯を食いしばる音が聞こえた。

「確かに、この計画を可能にするには役人を手下にするしかない。フェリオ子爵《ししやく》は徴税担当の役人だったから、役人の矜持《きようじ》とお父様への恩返しの二重の意味で調べてくれたのね。でも、まさか自分の部下が不正の手引きをしているとは、さすがに分からなかった」

　最終的に、ダニエラは大きなため息をついた。部屋に沈黙《ちんもく》が満ちる。

「どうして殺したの。証拠を消すだけじゃいけなかったの？」

　ダニエラが大きな足音を立てて詰《つ》め寄った。

　すると、イヴァンがうなだれたまま、ぽつりぽつりと話し出した。

「フェリオ子爵は普段《ふだん》はおっとりしていますが、仕事ぶりは堅実《けんじつ》で優秀《ゆうしゆう》でした。そんな子爵が何かを調べている、それが自分の関《かか》わった不正だと分かり焦《あせ》りました。これはいずれ見つかると思いザーツ伯爵に相談したら、証拠ごと知りすぎた子爵も消せと。もう不正に手を染めた後で、引くに引けなかった。だから……あの夜相談があると言って訪問し、子爵を刺《さ》しました。そして死体が転がっているのはまずいので……」

「だから火をつけたの？　関係のない母や弟まで巻き添えにして？」

ロゼッタは、気付いたらイヴァンの目の前に来ていた。

「すまない、ロゼッタ。でもあのときの俺には余裕《よゆう》がなかった。とにかくフェリオ子爵を殺さなければ、自分は終わりだと」

「自分の保身のために殺したって、バカみたいだわ。結局、役人としてのあなたはもう終わりじゃないの！　お父様達は死ななくても良かったのよ。返してよ、私の大切な家族を、返して……返して……お願いだから」

ロゼッタは、立っていられなくて床《ゆか》に膝《ひざ》をつく。

涙《なみだ》がとめどなくあふれてくる。悔しくて、恨《うら》めしくて、憎らしくてたまらない。

すっと目の前にハンカチが差し出された。

顔を上げると、無言で寄り添《そ》うレオがいた。

「……ありがとう」

ロゼッタはハンカチを受け取ると、レオが用意してくれた椅子《いす》に座った。

部屋にいる全員がロゼッタを見ていた。イヴァンへの取り調べを中断させてしまっていることに気付き、ロゼッタは焦る。

「取り乱してしまい、申し訳ありません。あの、ダニエラ様、続けてください」

「焦らなくても時間はあるから大丈夫《だいじょうぶ》よ。それよりロゼッタ。あなたにとっては辛《つら》い話でしょう。無理に聞かなくても良いのよ」

ダニエラの声は穏《おだ》やかだった。

あのダニエラが心配してくれている。その事実が嬉《うれ》しくて、今度は感動の涙が出てきた。

「だ、だいじょうぶです……。ちゃんと、ここで、立ち会いたいです」

レオから受け取ったハンカチで涙を拭《ぬぐ》う。再び流れてくるものも、これで拭えばいい。

「そう、じゃあ続けます」

部屋の空気が、ぴりっと引きしまった。

「三年前のことは分かりました。では今回のロゼッタに対する懸賞《けんしょう》金について聞きます。どうして三年も経《た》った今になって、ロゼッタを狙《ねら》ったの」

イヴァンは一瞬《いっしゅん》口ごもったものの、素直に話し出した。

「それは……アントニオ様の庇護《ひご》下に入ってしまい手が出せなかったからです。没落しようがレンティーニ家の中はアントニオ様が目を光らせていて、警備も厳重で手が出せなかった。でもロゼッタは惰性《だせい》で生きている様子でしたし、そのまま放置してもいいかなと思っていたんです。アントニオ様が亡《な》くなって、遺言状《ゆいごん》が公開されるまでは」

そこで一呼吸置き、イヴァンは続けた。

「公開された遺言状の内容を知り、俺はすぐにフェリオ子爵が集めていた証拠《しょうこ》のことだと分かりました。あれがあれば、レンティーニ家は再興できるから。さすがアントニオ様、ただでは死なない。置き土産《みやげ》は俺にとっては最悪の、レンティーニ家の人にとっては最高の贈《おく》り物だ」

「その通りね。やり方が回りくどくて腹が立つけれど」

ダニエラの文句に、イヴァンは自嘲《じちょう》したように肩《かた》をすくめた。

「俺はザーツ伯爵《はくしゃく》には嘘《うそ》を報告していたんです。フェリオ子爵と共に証拠も火事で焼けたと。そのため証拠を誰《だれ》よりも早く手に入れて、抹消《まっしょう》する必要があった」

「だから懸賞金をかけて、鍵《かぎ》を奪《うば》えと条件をつけたのね」

「その通りです。でも上手《うま》くいかなかった。そこの、レオとかいう奴《やつ》のせいで、どの殺し屋もロゼッタに近寄れなかった」

隣《となり》に立っていたレオがぴくりと動いた。ロゼッタが見上げると、気まずいのかレオはそっぽを向いてしまう。

「まったく、お父様はなんでこんなに遠回りなやり方をしたのかしら」

ダニエラの疑問に、ロゼッタは思い当たることがあった。

「ダニエラ様。恐《おそ》らくあの手紙に書いてあったこと、それが答えなのではないでしょうか」

「あの手紙？　もしかして、ロゼッタの手元から見つかった懺悔《ざんげ》の手紙？」

ロゼッタと、ダニエラに許しを請《こ》うていたあの手紙だ。

「はい。あれは証拠への手がかりでもありましたが、きっと、アントニオ様の正直な最後の懺悔だったのだと思います。証拠が父の手元にあるのは分かっていた。でもはっきりとした詳細《しょうさい》な場所は分からない。唯一《ゆいいつ》知っていそうな私は茫然《ぼうぜん》自失の状態。しかも、下手に調べると私の父のように、家族も巻き添《ぞ》えに殺されるかもしれないという恐怖《きょうふ》。だから動くに動けなかったのでしょう。ダニエラ様がとても大事だから。アントニオ様は父親として、ダニエラ様を守りたかったのだと思うのです」

そして、ロゼッタに対しては心からの謝罪を伝えたかったに違《ちが》いない。ロゼッタの父が死んだのは、アントニオの潔白を証明しようとしたから。ロゼッタから家族を奪ったのは自分のせいだと。だけれど伝えられなかった。

たぶん、これで良かったのだ。伝えられたところで、あのときのロゼッタには受け止めることができなかっただろう。誰も信じられず自暴自棄《じき》になって、もしかしたら父達の後を追っていたかもしれない。

「アントニオ様はいざ死を目の前にしたとき、残される人達に希望を託《たく》したかった。だから、分かる人にだけ伝わるように、あんなにも難解な手がかりを残していったのだと思います」

公開される遺言状に危険は承知で手がかりを残したのも、必ずレンティーニ家を再興したいという思いからだろう。仮にロゼッタやダニエラが気付かなくとも、誰かが気付けばなんとか希望は繋《つな》がると。それほどまでに、アントニオは皆《みな》を救いたいと願っていたのだ。

「そう、かもしれないわね。でも……」

ダニエラは寂《さび》しそうに言葉を濁《にご》した。

きっと、もっと早く知りたかったのだろう。今さら知ったところでアントニオはもういない。文句もなにも、言うことができないのだ。

三日後、王都へと搬送《はんそう》されるイヴァンをロゼッタは見送りに行った。もう二度と顔を見ることはないし、見たくなかった。だけどその前に、一つだけ知りたいことがあったのだ。

「イヴァン、あなたに聞きたいことがあるの。答えてくれると嬉しいのですが」

「……なんだ？」

無精髭《ぶしょうひげ》が目立ち、疲労《ひろう》の色が濃《こ》い。かつて兄のように慕《した》った相手のそんな姿に一瞬、何とも言えない気持ちになる。憎《にく》い相手だけど、やつれた姿は見たくないと思った。

「あなたは優秀な人よ。どうして不正に手を染めたの？　そんなことしなくてもあなたなら実力で出世できたと思うわ」

ロゼッタの問いかけに、イヴァンはすべてを諦《あきら》めたような笑《え》みを浮《う》かべた。

「のんびり生きてたロゼッタには理解できないよ。俺は、地方の役人なんかで終わりたくなかった。国の中央、王城の役人になって、家の奴らを見下してやりたかった。それだけだ」

「家……優《やさ》しいご両親とお兄様じゃない。何が不満だったの？」

ロゼッタには全然分からなかった。恵《めぐ》まれた境遇《きょうぐう》ではないか。

「欲のない奴はこれだから嫌《いや》だな。俺は優秀だった。兄よりもよっぽど出来がいい。だけど当主になるのは兄だ。弟の俺はいざというときのただの代わりだ。おかしいだろう。ちょっと早く生まれただけで、どうして俺は兄に負けなきゃいけないんだ」

諦めきっていたイヴァンの瞳《ひとみ》に、微《かす》かな光が戻《もど》った気がした。でもそれは希望の光ではなく、恨み嫉《ねた》みといったもののようだった。

「勝ち負けとかじゃないと思うわ」

「じゃあ、何だって言うんだよ」

イヴァンの力の無い問いに、ロゼッタは力強く答える。

「当主というのは、多くの人々の上に立つのよ。皆さんの生活に責任を持って、不自由なく暮らすことができるように気を配る、そういうことができる人がなるものだと思うわ。だから、あなたではなくお兄様が当主になるのは当然だったのかもしれない。自分のことしか考えられないあなたでは、分不相応だわ」

ロゼッタの言葉に、悔《くや》しそうにイヴァンは口をつぐんだ。

そして、イヴァンを乗せた馬車は王都へと走り出したのだった。


イヴァンを見送った数日後、ロゼッタはバラ園の中を歩いていた。隣にはレオがいる。

「ロゼッタ様、ザーッ伯爵が捕《つか》まったらしいけど」

イヴァンという証人と証拠を王立警察へ引き渡《わた》すと、すぐにザーッ伯爵も捕《と》らえられた。

「えぇ、国王様から直々に罪刑《ざいけい》を言い渡されたって聞いたわ」

ザーッ伯爵は爵位と領地をはく奪《だつ》され、国外追放となった。

国王は自ら謝罪したいと、レンティーニ領へ来ようとしたらしい。さすがにそれは王の側近が止めたことや、ダニエラが固辞したことにより無しになったそうだが。

これによりアントニオ・レンティーニ侯爵《こうしゃく》の名誉《めいよ》は回復した。横領したと言われ払《はら》っていた膨大《ぼうだい》な額のお金は返却《へんきゃく》されるとのこと。レンティーニ家は名実ともに大貴族に返り咲《ざ》くだろう。

「ロゼッタ様はこれからどうするんだよ。もう命を狙われることはないから、好きなように生きられる」

「これからは養護院での活動を続けたいわ。まだまだ途中《とちゅう》だもの。私の力だけじゃ無理だし、レオも手伝ってね」

ロゼッタは意気揚々《ようよう》と言うも、レオの表情は曇《くも》っている。

「レオ？　私の隣にいてくれるわよね」

ロゼッタはレオの服を掴《つか》む。ふと、消えてしまいそうで怖《こわ》くなったから。

「あぁ」

うなずいてくれたけれど、レオの瞳は濡《ぬ》れてゆらゆらと揺《ゆ》れている。


その後、レンティーニ家の当主をダニエラが正式に継承《けいしょう》し、新生レンティーニ家の出発となった。

今日はダニエラに用事があり、パメラと一緒《いっしょ》に本邸《ほんてい》へと来ている。本邸は晴れやかな雰囲気《ふんいき》に包まれていたが、ロゼッタの心の中はもやもやと曇っていた。レオが今日の護衛はパメラに譲《ゆず》ると言い出したからだ。

ちなみにパメラは今後も別邸に留《とど》まることになっている。いずれはダニエラのもとに戻るが、今は心配だからとロゼッタの側《そば》にいてくれることになったのだ。嬉《うれ》しい半面、これからもパメラにいろいろと怒《おこ》られるのね、とロゼッタとしては苦笑いの心境だ。

「ダニエラ様。アントニオ様のことで、ずっとお伝えしたいことがあったのです。今、お話ししても宜《よろ》しいでしょうか」

パメラがバラを生けた花瓶《かびん》をもって部屋に入ってきた。それを見てロゼッタは切り出す。

「どうぞ。話を聞くと約束をしていたけれど、いろいろあってうやむやになっていたわね」

ロゼッタは軽く一礼すると、パメラの持ってきた花瓶を指し示す。

「今日お持ちしたバラ、どうです？」

「どうって、綺麗《きれい》に咲《さ》いていると思うわ。色合いに少し濃淡《のうたん》があって素敵《すてき》だと思う」

ダニエラの感想に、ロゼッタは嬉しくなる。

「これ、アントニオ様がお仕事の合間に品種改良したバラだって言ってました！」

「そ、そう。そんなに身を乗り出して言わなくてもいいわよ」

ダニエラは珍《めずら》しく、引き気味だ。

「こんな素晴らしいこと、身を乗り出さずにはいられません。だって、このバラはダニエラ様のお母様に贈《おく》るために、アントニオ様が育てたバラですもの」

「えっ……？」

ダニエラの眉間《みけん》に皺《しわ》が寄る。見るからに疑っている表情だ。

「そんなわけない、とは言わせませんよ。そんなわけあるんです。だってアントニオ様本人から、ちゃんと私が聞いたことです。本当のことですよ」

「そ、そんな、だって、そんなこと一言も……」

ロゼッタに加勢するように、パメラも口を挟《はさ》む。

「失礼ながら、ダニエラ様がお聞きにならなかっただけだと思います」

ダニエラは、ぐっと黙《だま》り込んでしまった。おそらく、心当たりがものすごくあるのだろう。彼女は良くも悪くも猪突猛進《ちょとつもうしん》。進み始めたら他《ほか》のことは考えない。一度悪いと思ったら嫌悪《けんお》が激しい、逆に一度良いと思ったら深く愛情を注ぐ性格だ。

アントニオは仕事が忙《いそが》しく、妻や娘《むすめ》との時間が上手《うま》く作れなかっただけなのだろう。けれどダニエラは、父であるアントニオは初恋《はつこい》の人が忘れられず、母親をないがしろにしていると勘《かん》違《ちが》いした。アントニオが誤解を解きたくとも、ダニエラは思い込みが激しく聞く耳をもたない。そして、だんだんとすれ違っていき今に至った。

「別邸のバラ園、一種類を除いて他のすべての品種は、ダニエラ様のお母様のために育てられていたものです。たくさんありすぎて、いつでも何かの品種が咲いています。とても手のかかる分、とても素敵なバラ園です。あのバラ園こそが、アントニオ様の愛の形なのですよ」

その由来を聞き、世話を託《たく》されたときのことはよく覚えている。少し照れくさそうに、そして申し訳なさそうにしていたアントニオの表情は貴重だ。

「私はそのバラ園の世話を任されて、とてもやりがいを感じました。枯《か》らしてはいけない、とても大事なものを預かったのだと。家族を亡《な》くして、どん底だった私に生きる意味をくれたのも、あのバラ園だったかもしれません」

ダニエラはしばらく黙っていたが、立ち上がるとロゼッタの前に歩み寄った。

「私はいろいろと反省すべきね。今回のことで身にしみたわ」

そして、深々と頭を下げた。

「ど、どうされたのですか」

ロゼッタは慌《あわ》てて立ち上がり、ダニエラの頭を上げさせる。

「私はもっと人の意見を聞くべきだった。自分が正しいと思い込み、酷《ひど》いことをあなたにもたくさん言った。本当にごめんなさい。謝って済むとは思えないくらい、嫌な態度を取っていたわ。一度も、あなた本人を見ようとしていなかった」

「いえ、いいんです。私も勇気が無くて、伝える努力をしませんでした。伝えようとしなければ、伝わらないのは当然です」

ロゼッタとダニエラは真剣《しんけん》に見つめ合った後、ぷっと噴《ふ》き出した。母娘《おやこ》となって三年たち、やっと腹を割って話せたのだ。時間が掛《か》かるにも程《ほど》がある。でも、ここからが第一歩。もっともっと、家族として一緒に歩けるはずだ。

「ではダニエラ様。改めまして、当主継承おめでとうございます。愛情深いダニエラ様なら、きっと素晴らしい領主となられることでしょう」

「なによ、急に？」

ロゼッタは言うべきことを頭の中で整理する。そして、背筋を伸《の》ばした。

「私はレンティーニ家の一員として、ここに暮らす人々のために何かしたいと思い、養護院でのお手伝いもしてみました。でも根本的な改善は、上に立つものがやらなければ前進しないのだと実感したんです。ですから、私にもそのお手伝いをさせて欲しいのです」

今度はロゼッタが深々と頭を下げる。どうか、ダニエラが承諾《しょうだく》してくれますようにと、祈《いの》りを込《こ》めて。

「ロゼッタ、本気なの？　あなたはまだ若い。別にレンティーニ家に縛《しば》られなくても良《い》いのよ？」

「縛られる、の意味がよく分かりませんが、私はレンティーニ家の一員として、やれることをやりたいのです」

レオと出会い、ロゼッタは変われた。その自分を止めたくはなかった。

「そう。ならあなたがまず一番やりたいことを聞こうかしら。その内容によって、手伝ってもらうかどうか決めるわ」

ダニエラは、そう言って不敵に微笑《ほほえ》んだ。

一番やりたいこと。やりたいことを挙げ始めたらきりが無いけれど、そのなかで一番、つまり、もっとも力をいれたいと思っていることだ。

ロゼッタは考える。これを間違えたら、きっと何もさせてもらえない。そう思うと慎重《しんちょう》になってしまう。でも、どんなに慎重に考えてもこれしかない。

ロゼッタの脳裏《のうり》にレオが浮《う》かぶ。殺し屋にならざるを得なかったレオ。そして、生き抜《ぬ》くのに精一杯《せいいっぱい》な養護院や街の子ども達の姿もそれに重なる。

レオを救いたかった。レオが心から血を流しながらも「仕事」をしていたのは、養護院のためだった。養護院の運営が安定していれば、レオは「仕事」をしなくてもすんだはずだ。

でも、レオの過去は変えられない。だからこそ、これからの未来は変えたかった。

「養護院への援助《えんじょ》を。レンティーニ領内の養護院すべてに、運営に困らないだけの支援《しえん》をしたい。そして、子ども達には可能なら新たな居場所を見つけてあげたいし、見つからなくても、養護院で不自由のない暮らしをさせてあげたい。どこにいても、みんなが学べるようにしたいし、そうすれば親のいない子だからと見下されるようなこともなくなる――」

矢継《やつ》ぎ早にロゼッタは希望を伝える。

「待った待った、多すぎよ。でもまぁ、心意気は分かったわ。何て言うか、あなたを見ていると、自分に欠けていたものをしみじみと実感させられるわね」

「そう、でしょうか」

自分にそんな大層なものがあるとは思えず、ロゼッタは首を傾《かし》げた。

「そうよ。私はこれ以上レンティーニ家が没落《ぼつらく》しないように必死になっていたけれど、国への納税にばかり気を取られてて、その税を徴収《ちょうしゅう》する領民への気遣《きづか》いが抜けていたわ。少しくらい増税しても我慢《がまん》してくれるはずだ。ちょっとくらい街を取り締《し》まる人員を減らしても、なんとか治安は保《たも》つはずだと。レンティーニ家が倒《たお》れれば、もっと悲惨《ひさん》なことになるのだから。我慢してもらわないとって思っていた」

「ちなみに、レンティーニ家が倒れた場合、どうなってしまったのでしょうか」

ロゼッタはおずおずと尋《たず》ねる。

「領地はザーツ伯爵《はくしゃく》に渡《わた》ることになっていたわ。伯爵は重税を強《し》いることで有名だったし、お父様の領地だったということで、容赦《ようしゃ》なく重税を課したでしょう。確実に今より領民の暮らしは苦しくなる」

「では、そうならないために、ダニエラ様は必死になっていたのですね」

ダニエラが脇目《わきめ》も振《ふ》らずに突《つ》っ走っていたのも納得《なっとく》だし、逆に何もしないロゼッタにイラつくのも当然だ。

「私は形を保つことに必死になっていた。でもあなたは中身に目を向けていた。どちらか一方ではダメね。両方必要なことなのよ」

「では私にそのお手伝い、させていただけますか」

希望が見えたことに、ロゼッタは胸が高鳴る。

「いいでしょう。あなたを当主補佐《ほさ》に任命することにします」

「……当主補佐？」

ダニエラは唇《くちびる》の端《はし》を上げて、笑《え》みを浮かべた。

「ええ、当主に次ぐ役職ね」

「ちょ、ちょっと荷が重すぎです。役職など無しで良いのですが」

予想外の重責を持ち出され、ロゼッタは焦《あせ》る。そんな肩書《かたが》きだけあっても、それに見合う働きができるとは思えなかった。

「仮にも現レンティーニ侯爵《こうしゃく》の義母《はは》なのよ。箔《はく》をつけなくちゃ、私が恥《は》ずかしいじゃない」

「え、え、そ、そういうものですか？」

パメラが大きなため息をついた。呆《あき》れたような目でこちらを見ているけれど、それはどういう意味だろうか。

慌てふためくロゼッタに呆れているのか、それとも強引《ごういん》なダニエラに呆れているのか。流されまくるロゼッタに呆れているのか、はたまた素直《すなお》にロゼッタを認めたからだと言えないダニエラに呆れているのか。

結局ロゼッタは押し切られる形で、当主補佐という肩書きを持つことになったのだった。

レオは帽子《ぼうし》を手にして、バラ園の手前で立ち尽《つ》くしていた。バラ達の奥には、バラに負けないくらい綺麗《きれい》で輝《かがや》いているロゼッタがいる。

イヴァンが捕《つか》まってから、およそ一か月。ロゼッタは当主補佐になった。使用人にすら疎《うと》まれていた無力なお嬢《じょう》様から、レンティーニ家を支える重要な人になったのだ。

レオは、自分の手のひらを見つめる。

「こんな血に汚《けが》れた手で、触《ふ》れていい相手じゃないな」

ロゼッタはまたしても帽子を被《かぶ》らずにバラの世話をしていたから、仕方ないなと呟《つぶや》きながら帽子を持ってきたのだ。だけど、いざロゼッタの姿を見たら、妙《みょう》に遠くに感じた。

今まではいつも隣《となり》にいた。状況《じょうきょう》によっては抱《だ》きかかえるなんてこともするくらい、側《そば》にいたのに。帽子を被せてリボンを結んであげて、ロゼッタがそれを当然のように受け入れて「ありがとう、レオ」って言ってくれて……。でも、今はそれをしていいのかが分からなかった。

当主補佐になって以降、ロゼッタは忙《いそが》しくしている。ダニエラに養護院への対応を任され、その相談や打ち合わせなど、いろんな場所へと出掛《でか》けるようになったのだ。当然レオも付き添《そ》うが、場所によってはぶしつけな目で見られることも多い。

もちろん、与《あた》えられたお仕着せで身なりは整えているし、仕草や言動もふさわしいものを心がけている。ボロは出していない、完璧《かんぺき》のはずだ。けれど、殺し屋の異名が強すぎるのだ。権力を持つ者は、裏の社会にも見識が深い場合が多い。知っている人は知っているのだ、『銀氷の狼』という殺し屋がいたことを。

だから会談中のロゼッタを少し離《はな》れて護衛していると、個人的な『仕事』を依頼《いらい》されることがある。もちろんそんなものは断る以前に無視するのだが。断るということは、自分が銀氷の狼だと認めることになる。もうそんな存在にはならないと決めたのだから、その依頼は自分が聞くべきことがらではない。

けれど、そういう依頼をされるたびに、自分がどれだけ汚《きたな》い人間なのかを実感する。隠《かく》しようがない血の臭《にお》いを感じ取り、殺意を抱《いだ》く人間が自分に寄ってくるのだ。どれだけ手を洗おうとも、もう汚れきった手は綺麗にはならない。


風が吹いた。バラの芳醇《ほうじゅん》な香《かお》りが吹き抜ける。思わず手を伸《の》ばすけれど、風はレオの手をすり抜けていくだけ。

「俺は、ここにいるべきじゃない」

帽子を握《にぎ》りしめたまま、レオはバラ園の前でうなだれる。

ロゼッタは、これから貴族の付き合いも増えるだろう。現にダニエラが王都へ出掛ける予定があるが、その間は残ったロゼッタが当主代理をつとめることになっている。どう考えてもレオのような後ろ暗い人間が側にいて良《い》いわけがない。

願わくは、ロゼッタをずっと隣で守り続けたい。しかし自分が側にいることで、逆にロゼッタに迷惑《めいわく》をかけることになるかもしれない。それならば――

「出て行くか……」

ロゼッタは当たり前のようにレオの側にいてくれる。けれど、本当は当たり前なんかじゃない。貴族の女性と養護院育ちの殺し屋。道は偶然《ぐうぜん》にも交差したけれど、これからはどんどん離れていく。一緒《いっしょ》に歩めるわけがない。

レンティーニ領内のすべての養護院は援助が約束された。レオが「仕事」をして稼《かせ》がなくても良くなったのだ。つまり、レオは「仕事」をする必要も無い。殺し屋は廃業《はいぎょう》だ。もう誰《だれ》も殺さなくてもいい。傷付けなくてもいい。どのみち殺せるとも思えないし。絶対にロゼッタの悲しげな顔が浮かんでしまうに決まっているから。

ロゼッタはレオを殺し屋から解放してくれた。どれだけ感謝してもしきれない。だからこそ、自分の存在が重荷になるのだけは嫌《いや》だった。

「これから、何しようかな」

出て行った後のことは、なにも決めていない。けれど巡《めぐ》り巡って、ロゼッタの役に立っているようなことをしていたい。そんな風に思う。

ロゼッタは、ダニエラにしごかれながらも当主補佐として忙しくしていた。その合間を縫《ぬ》っては、せっせとバラ園の世話も続けている。実は本邸《ほんてい》で暮らさないかとダニエラに誘《さそ》われたのだが、アントニオに託《たく》されたこのバラ園をちゃんと自分の手で世話したかった。だから嬉《うれ》しいとは思ったが、断って別邸に住み続けている。

「日差しが少し強くなってきたわね」

外に出たときは曇《くも》っていたから帽子は持ってこなかったけれど、そろそろレオが呆れた顔をしながら持ってきてくれるはず。でも、レオとは最近ぎくしゃくしているからどうだろうか。

一度ゆっくりレオと話したいと思うのだが、なかなか二人きりの時間を取れないでいた。

「帽子を取りに行きがてら、レオを捜《さが》そう」

今日こそレオと話すのだと決めて、バラ園の中を移動し始める。すると、帽子を手にしたレオがこちらに向かって歩いてくるではないか。

「レオ！」

ロゼッタは嬉しくなって駆《か》け寄る。しかし、レオはうつむいたまま立ち止まってしまった。

「レオ、どうかしたの？　ね、ちょっとお話ししましょう」

ロゼッタがレオの袖《そで》をくいっと引っ張る。すると、レオがやっと顔を上げた。

「俺も、話がある」

嫌な予感がした。遅《おそ》かったのかもしれない。

「お暇《ひま》をもらおうと思います」

違《ちが》うと思いたくて、ロゼッタはわざと素知らぬふりをする。

「もしかして養護院に顔を出しに行くの？　なら私も一緒に——」

ロゼッタの言葉を切るように、レオが声を被せてきた。

「休暇《きゅうか》という意味じゃない、ここを出て行く」

レオの言葉が頭の中でぐるぐるまわる。理解したくない。

「ど、どうして？　私に悪いところがあるなら直すから」

「悪いところが無いとは言わないけど、でも違うから」

「じゃあ、何で」

レオは儚《はかな》げな笑《え》みを浮《う》かべた。

「俺がここでやるべきことはもう無いなと思ったから。貴族の屋敷勤《やしきづと》めは堅苦《かたくる》しいし、自由に旅にでも出ようかなって」

レオの瞳《ひとみ》が揺《ゆ》れている。心にもないことを言っているのが丸分かりだ。

「嘘《うそ》ね。本当のことを言って」

ロゼッタが詰《つ》め寄ると、レオはため息交じりに言った。

「仕方ないな……だから、殺し屋だった男なんか側に置いてちゃダメなんだよ。ロゼッタ様にあらぬ噂《うわさ》がまた立ってしまう」

ちらっと、心ない者達からすでに聞いた噂が脳裏《のうり》に浮かぶ。

「例えば、私が……殺し屋を使って権力を得たとでも？」

レオは苦々しい顔でうなずいた。

「ロゼッタ様はもう知ってるだろ？　人というのは噂話が大好きだ。どんどん真実とはかけ離れ、面白《おもしろ》おかしく、衝撃《しょうげき》的な内容に変えていく。しまいには噂の人物と本物とは天と地ほどの差が生まれるんだよ」

確かにロゼッタは稀代《きたい》の悪女という偏見《へんけん》に振《ふ》り回され、辛《つら》い思いをした。

「でもレオが出て行く必要はないわ。私は何を言われても平気よ。だって恥《は》ずかしいことは何もしていないんだもの」

ロゼッタは必死に言い募《つの》る。しかし、レオの表情は硬《かた》いままだ。

「すまない。俺が平気じゃないんだ。だから明日《あした》出て行く」

レオはそう言うと、帽子《ぼうし》を差し出してきた。

ロゼッタは帽子に視線を落とし、再びレオの顔を見た。レオは寂《さみ》しげに微笑《ほほえ》んでいた。

「もう、私に帽子は被《かぶ》せてくれないの？」

「そう……だな」

レオの姿がぼやけてくる。

「ロゼッタ様、泣くなよ」

「泣いてないわ」

明らかに目からは涙《なみだ》があふれているが、泣いていることを認めたくなかった。そんなロゼッタの意地を感じ取ったのか、レオは呆《あき》れたように微笑んだ。

「なら、いいや。ロゼッタ様には、ずっと笑っていて欲しいから」

レオは、ロゼッタの涙を指で優《やさ》しくぬぐうと、踵《きびす》を返し去っていった。

残されたロゼッタは、手元の帽子に視線をおろす。

「あ……これは……」

刻々と時間は過ぎていく。ロゼッタが悶々《もんもん》と考えこんでいるうちに、太陽は地平線へと沈《しず》み、夜になっていた。夜が明けたらレオが出て行ってしまう。

ロゼッタは自室のなかをひたすら、歩き回っていた。

「出て行くなんて……、もっと、早く話さなきゃいけなかったのよ。どうして私は、いつも同じ間違いばかりしてしまうの」

ぶつぶつと思考を垂れ流すも、全然考えがまとまらない。

レオは平気じゃないと言った。ロゼッタは、どんな悪い噂を立てられようとも気にしないのに。確かに気分のいいものではないけれど、レオがいないことに比べたら平気だ。

レオはそんな噂と比《ひ》較《かく》できないくらい、ロゼッタにとって必要な存在だ。優秀《ゆうしゅう》で、優しくて、とても頼《たよ》りになる大切な人。

いざレオがいなくなると思うと、胸が痛くてたまらない。

夜が明けた。朝食を食べる時間も無く、ロゼッタは走っていた。屋敷《やしき》の中を全力で走り回る。早くしないとレオが出て行ってしまう。その前にどうしても用意したかったのだ。

必死に形を整え完成したときには、パメラがしびれを切らしたように呼びに来ていた。

「ロゼッタ様、レオはもう門にいますよ。早くしないと出て行っ……それは」

「ふふっ、なんとか間に合ったわ」

「まぁ、ちょっと欲張りすぎじゃないですか」

パメラが呆れたように笑った。

「いいのよ。これくらいなきゃ伝わらないわ」

ロゼッタは用意したものを抱《かか》え、レオのもとへと走る。揺れる度《たび》に、赤いものがはらりと落ちるが気にしていられない。

「レオ、待ってちょうだい！」

大きなバラの花束を抱えたロゼッタを見て、レオは目を丸くしている。

ロゼッタは一晩中考えてやっと気付いた。レオがいなくなると思うと胸が痛くて、苦しくて、寂《さび》しさで押しつぶされそうだった。家族やアントニオが亡《な》くなったときも、同じように苦しかったけれど、レオは生きている。それでも、距離《きょり》が離《はな》れると思うだけでこんなに苦しくてやるせない気持ちになるのだ。これは今までに出会ったことのない感情なのだと思った。

レオに手渡《てわた》された帽子を手に取る。帽子のつばに、蝶結《ちょうむす》びにされたリボンが飾《かざ》りピンで留められていた。

「レオの髪《かみ》を括《くく》っていたリボンね」

これを渡《わた》した日のことはよく覚えている。まだレオが働き始めて二日目だった。一人で屋敷内の掃除《そうじ》をしているレオを手伝いたくて、まとわりついていたから。その時にレオの髪を括る紐《ひも》が取れて下に落ちてしまったのだ。レオは両手がふさがっていたから、ロゼッタが代わりにレオの髪を括りなおした。埃《ほこり》まみれの紐の代わりに、ロゼッタの持っていたリボンを使って。

それ以降、ずっとこのリボンを使ってくれていた。内心とても嬉《うれ》しく思っていたのだ。けれど返されてしまった。ロゼッタに繋《つな》がるものは、なに一つ持って行かないという決意の表れのように感じた。

いつも帽子を持ってきてくれたレオ。ただ渡すだけでもいいはずなのに、被せてリボンまで結んでくれるレオが生真面目《きまじめ》で可愛《かわい》いと思っていた。

バラ園でかくれんぼもした。子どもに戻《もど》ったみたいにレオと一緒《いっしょ》に駆け回った。ロゼッタを引っ張る腕《うで》が、意外と力強いことにも驚《おどろ》いた。

街で雨に降られたときお姫様抱《ひめさまだ》っこをされた。恥ずかしかったけれど胸が高鳴った。なにより、ロゼッタの危機には必ず助けに来てくれた。自分を犠牲《ぎせい》にしてもロゼッタを守りたいと言ってくれた。あの言葉は本物だった。

レオのことを考えると胸が温かくなる。同時にきゅっと切なくもなる。

この気持ちの正体はなに。

そうか、とロゼッタは納得《なっとく》した。

「私は、レオが好きなんだ」

初めての気持ちに、どう名前をつけて良いのか分からなかった。でも一度名前をつけてしまえば、それが鮮《あざ》やかに色づいていく。

「どうしよう、こんな気持ち初めてだわ」

恋《こい》なんて自分にはもう縁《えん》のないものだと思っていたのに。ロゼッタは世話をしたバラ達を使い、持てる限界まで大きくした花束を作った。

これがロゼッタの気持ちだ。ずっしりとした重みに、ちょっとでもバランスを崩《くず》したら倒《たお》れてしまいそう。

「レオ、これは私の気持ちよ。受け取ってください」

少しよろけながらも、レオに花束を差し出す。

「ロゼッタ様……これ、は」

レオは驚くばかりで、受け取ろうとしてくれない。

ロゼッタの腕は花束の重みにぷるぷると震《ふる》えてきた。

「レオ、早く受け取って。腕が限界なの」

「ムードの欠片《かけら》もない。でも……受け取れない。俺にはもったいない代物《しろもの》だ」

もったいないなんてない。本当はこれだけじゃ足りないくらい、レオには山盛りのバラを渡したかったのだから。

「私、レオが辛くならないように頑張《がんば》るから。お願い、側《そば》にいて」

ロゼッタはもう懇願《こんがん》するしかない。でも、レオは諦《あきら》めたようにため息をついた。

「俺は……俺だって側にいたい。でもダメなんだ。あんたはこれからもっと皆《みな》に求められて、必要とされる人だ。それなのに、俺はあんたを閉じ込めたくなる」

レオの瞳《ひとみ》が、まっすぐに射貫《いぬ》いてくる。

「……レオ？」

「こんなこと言われて怖《こわ》いだろ。俺は自分が怖いよ。だから、あんたを閉じ込める前に、俺が出ていくんだ」

自嘲《じちょう》したようにレオが肩《かた》をすくめた。

でも、ロゼッタは怖いとは思わなかった。むしろ腹が立ってきたくらいだ。

「レオはずっと守ってくれるって言った。そもそも私の命を助け、生かしたのはレオよ。私をこんな気持ちにさせておいて……それなのに、怖いからって置いて出て行くなんて酷《ひど》いわ」

「…………」

レオは黙《だま》り込んだまま返事をしてくれない。だから、ロゼッタは伝えるのだ。気付いたばかりの気持ちを。ずっと心の中にあったのに、気付いてあげられなかったこの気持ちを。

「私やっと、自分の気持ちに気付いたの。その、レオが、す、好き。だから、これからも私の側にいて欲しい。私は弱いから、レオがいてくれないと真っ直《す》ぐに歩けないの。私が座り込んだら叱《しか》って欲しいし、横道に逸《そ》れたら迎《むか》えに来て欲しい。その代わり、レオが座り込んだら一緒に休憩《きゅうけい》するし、横道に逸れたらついでに寄り道してから戻りましょう」

ロゼッタは精一杯《せいいっぱい》の告白をする。

すると、レオは何故《なぜ》か珍妙《ちんみょう》なものをみる目でロゼッタを見てきた。

「なんか表現が違《ちが》いません？」

「いいのよ、これで。壁《かべ》に当たったら一緒に乗り越《こ》えればいいのよ。人生、レオと一緒ならきっと楽しいわ。だから、レオ。私を生かした責任を取って、私の側にいて」

レオの瞳の光が揺《ゆ》れる。そうだ、もっと揺れればいい。そして、こちらに落ちてきて。

「俺なんかで、いいんですか？」

あと一押し。

「私の幸せには、レオが必要なの」

レオがうなりながら、頭を抱《かか》える。

そして、しばらくたったのち、レオはゆっくりと顔を上げた。

「諦めました、あなたを諦めることを」

レオはぷるぷると震えるロゼッタの腕から、花束を受け取ってくれた。愛《いと》おしそうに花束を見つめ、そして同じ表情をこちらに向ける。

その眩《まばゆ》さにロゼッタは息をのんだ。

「俺はあなたのことが、独《ひと》り占《じ》めしたいほど好きだ。だから」

レオが花束から一輪抜き取り、ロゼッタの髪に飾《かざ》った。

「ロゼッタ様が望む限り、ずっと隣《となり》にいます」

ロゼッタの手を取り、レオが誓《ちか》いの口づけを落とした。

そして、はにかんだ笑顔《えがお》で言う。

「俺にとっての薔薇《ばら》の女神《めがみ》は、あなたです」

満ち足りたような、そんな柔《やわ》らかな表情のレオ。心がほわっと温かく、同時にきゅんと切なくなる。

ずっと隣で見ていたい、他《ほか》の誰にも譲《ゆず》りたくない。ロゼッタこそ、レオを独り占めしたいほど好きなのだと思った。

終章　二人で踏み出す一歩

「私ね、レオを初めて見たとき、天使が舞《ま》い降りてきたのかと思ったのよ」

別邸《べってい》のバラ園で、ロゼッタはバラを切っていた。

「は、天使？　どこにそんな要素が？」

レオは、切ったバラを受け取ってはカゴに入れている。

「本当よね、実際はびっくり箱みたいな年下の男の子だった」

そう言ってロゼッタが笑うと、レオが拗《す》ねたように口をとがらせた。

レオの髪を束ねたリボンが、風に吹《ふ》かれて揺れている。

「リボンが緩《ゆる》んでるわ。結びなおしてあげる」

「ロゼッタ様が？　ちゃんと結べる？」

「結べるわよ。ほら、しゃがんで」

レオが腰《こし》を下ろしたので、ロゼッタは緩んだリボンを一度ほどいた。レオの綺麗《きれい》な銀髪《ぎんぱつ》が風にそよぐ。それを丁寧《ていねい》にすいてまとめる。

「このリボン、まだ使うの？　他のにしない？」

「やだ」

レオは即答《そくとう》だった。

「でもこれ、あまり綺麗に染まってないもの。もっと鮮やかな赤色に染まる予定だったのに」

このリボンは、ロゼッタが渡《わた》したバラの花束を束ねていたリボンだ。バラの花びらで染色したリボンなのだが、発色があまり良くなく赤とは言い難《がた》い。近い色といえば、赤茶のロゼッタの髪《かみ》の色だろうか。

染め直す時間が無かったから、花束にはそのリボンを使った。でも、レオがそのリボンを使っているのを見る度《たび》に気になっていて、もっと綺麗に染色できたリボンを贈《おく》ったりもしたが使ってくれないのだ。

「はい、結べたわ」

「どうも。あ、そろそろ屋敷《やしき》に戻《もど》らないと、パメラさんが呼びに来ちゃいますよ」

レオの言葉を聞いていたかのようなタイミングで、パメラの呼ぶ声が聞こえてきた。

「もうそんな時間？　今日は養護院への訪問ね。楽しみだわ。バラ、喜んでくださるかしら」

「もちろん。院長先生は心待ちにしてるよ」

手塩に掛《か》けたバラを手に、ロゼッタは笑みを浮《う》かべる。

やっと始まる新しい人生、きっとつらいことはいっぱい起きるだろう。

でも、大丈夫《だいじょうぶ》だと思える。

だって、一人じゃないから。

「レオ、おじいちゃんになるまで一緒《いっしょ》にいてね」

「急に、何言ってるんだよ」

レオは目を丸くした後、そっぽを向いてしまった。

「ダメなの？」

のぞき込むと、レオは真っ赤な顔をしていた。

「いいや、ダメじゃない」

レオが手を差し出してくる。ロゼッタはその上に手を重ねた。

そして、二人は一緒に歩き出すのだ。

あとがき

この本を手にとってくださり、ありがとうございます。そして、前作を手に取ってくださった皆様、お久しぶりです。いかがお過ごしでしたでしょうか。

初めましての皆様《みなさま》、石川《いしかわ》いな帆《ほ》と申します。

本作は私にとって二作目の書籍《しょせき》となります。前作とは設定ががらっと変わり、世界観も主人公の性別も違《ちが》う作品となりました。ですが、不思議と私の中では同じ空気を感じております。

ロゼッタは辛《つら》い過去と立場の持ち主ですが、偉大《いだい》なるアントニオおじいちゃんのおかげで、それはそれは世間知らずなお嬢《じょう》さま街道《かいどう》を邁進《まいしん》しているヒロインです。そんなロゼッタのもとにやってきたのがレオでございます。

レオはとても繊細《せんさい》で難しい子です。正直に白状しますと、かなり手を焼きました。こんな気難しくて面倒《めんどう》な子は、逆にロゼッタくらい大らかな人（もしくは鈍《にぶ》いとも言う）でなければ幸せにできません。でも、私はレオが大好きなので幸せになってもらわないと困ります！　ということで、ロゼッタには私の方から頑張《がんば》るようエールを送っておきます（笑）。

イラストを担当してくださった安野《あんの》メイジ様。表紙ラフを頂いた瞬間《しゅんかん》、私の中でイメージがもこもこと膨《ふく》れあがったのを覚えております。当初レオの髪《かみ》は長髪《ちょうはつ》設定ではなかったのですが、すぐに長髪設定にしたくらいです。本当に素敵《すてき》なロゼッタとレオをありがとうございました。一緒《いっしょ》にロゼッタ達を生み出してくださった担当様。書きたいように書き殴《なぐ》った私の原稿《げんこう》に、必要な助言をくださりありがとうございます。あれがなかったら、独りよがりな物語となっていたでしょう（笑）。これからも、どうぞよろしくお願いいたします。

最後に、編集部の皆様、校正様、見守ってくれた家族、友人、この本に関《かか》わってくださったすべての皆様に感謝いたします。そして何より、読者の皆様がいてこそです。本当にありがとうございました。

少しでも皆様の心に届く物語を創《つく》り出したい、その思いを胸に日々精進《しょうじん》しております。今後ともよろしくお願いいたします。

それでは、またお会いできることを願って。

石川いな帆

「レディ・ロゼッタの危険な従僕」の感想をお寄せください。
おたよりのあて先
〒102-8177　東京都千代田区富士見2-13-3
株式会社KADOKAWA　角川ビーンズ文庫編集部気付
「石川いな帆」先生・「安野メイジ」先生
また、編集部へのご意見ご希望は、同じ住所で「ビーンズ文庫編集部」
までお寄せください。

レディ・ロゼッタの危険《きけん》な従僕《しもべ》

石川《いしかわ》いな帆《ほ》

角川ビーンズ文庫　22584

令和３年３月１日　初版発行

発行者———青柳昌行
発　行———株式会社KADOKAWA
〒102-8177　東京都千代田区富士見2-13-3
電話 0570-002-301（ナビダイヤル）
印刷所———株式会社暁印刷
製本所———株式会社ビルディング・ブックセンター
装幀者———micro fish

ISBN978-4-04-111136-9C0193 定価はカバーに表示してあります。